# 山田錦の身代金

山本モロミ

幻冬舎MC

# 山田錦の身代金

目次

主な登場人物

山田葉子　日本酒と食のジャーナリスト
矢沢タミ子　居酒屋経営者
矢沢トオル　タミ子の息子
葛城玲子　播磨署警察官　警視
高橋　仁　同　警部補
勝木道男　同　捜査一課課長
烏丸秀造《からすまひでぞう》　『天狼星《てんろうせい》』醸造元　烏丸酒造　蔵元
烏丸六五郎《むつごろう》　同　先代蔵元
多田康一　同　前杜氏《とうじ》　故人
大野　真　同　副杜氏
佐藤まりえ　同　賄い担当
速水克彦　同　新杜氏
富井田哲夫　県庁農林水産振興課課長
松原拓郎　農家
松原文子　拓郎の妹　農家
桜井博志《さくらいひろし》　『獺祭《だっさい》』醸造元　旭《あさひ》酒造会長

甲斐今日子　酒屋
黒木　将　酒屋
ワカタ　ヒデヨシ　元プロサッカー選手
日本酒プロモーター
スティーブン・ヘイワード　有機認証機関検査官

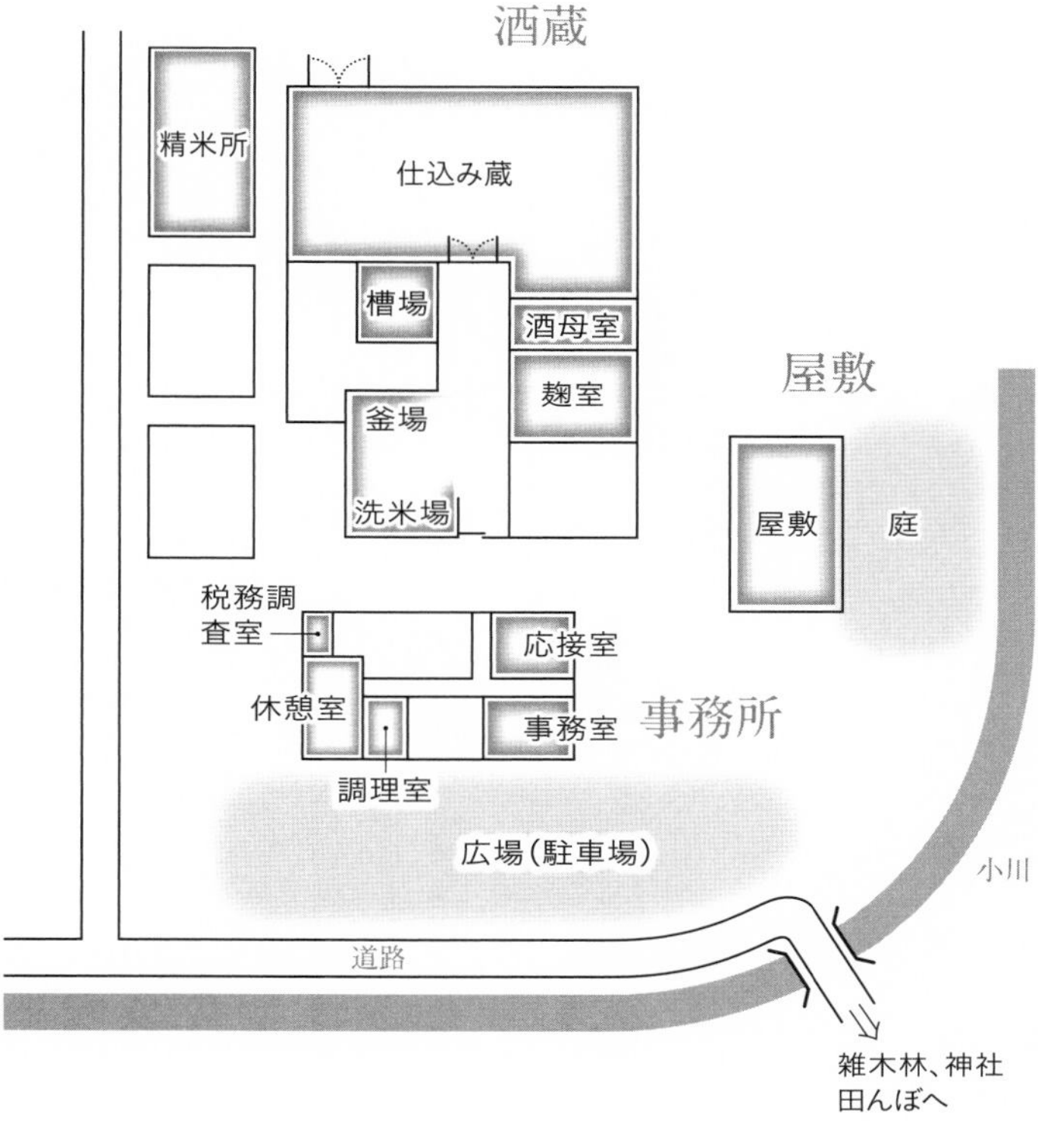
酒蔵
精米所
仕込み蔵
槽場
酒母室
麹室
釜場
洗米場
屋敷
屋敷
庭
税務調
査室
応接室
休憩室
事務室
事務所
調理室
広場(駐車場)
小川
道路
雑木林、神社
田んぼへ

烏丸酒造　酒蔵見取り図

## ―― プロローグ ――

山田錦の苗は、まだ若くて青く、夕暮れの空は、群青から橙へと染まりつつあった。初夏の風が、渡って行くたび、柔らかい葉先が踊った。田植えの直後は、無垢《むく》で美しい。

多田康一は、田んぼのわきに、身を隠していた。ふと、子供時代のあだ名、妖怪『うわん』を、思い出す。ひょうたん顔に、大きな目。物陰に隠れて、人を脅かす妖怪だ。

今の自分に、ぴったりではないか。不届き者の不意を打ち、懲らしめてやる。手塩にかけてる山田錦に、ちょっかいを出す奴は許さない。

七十才を過ぎた今でも、腕力と体力には、自信があった。だてに酒蔵で、五十年以上酒造りをしてはいない。毎日、数十キロの蒸し米を担いで、蔵内を走り回ってきたのだ。

夕暮れ時になり、幾重にも連なる水田は、だんだん薄暗くなってきた。朝の早い農家は、夕食を食べながら、天気予報を見ている頃だろう。見渡す限りの田んぼに、人影一つもなかった。

じわじわと濃くなる田んぼの闇。それを見るうち『田の神』という妖怪も、思い出した。田畑に住み、田んぼを守る妖怪だ。

人の自然への畏怖が、妖怪を産むという。この田んぼを守ってくれるよう、康一は田の神に祈った。

妖怪「うわん」

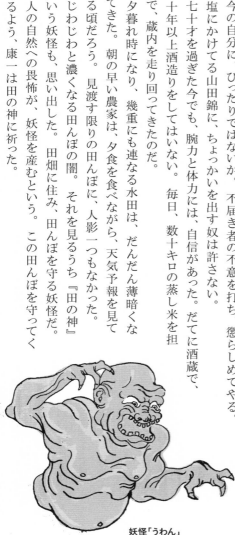

遠くの車の音に気づき、改めて身を伏せた。前方の農道へ、静かに車が走って来る。田んぼの向こう側で停まり、ドアが開いた。ルームランプは、点かない。

康一は、ほくそ笑んだ。いたずら者が、まんまと罠にかかったようだ。

車から黒い人影が、降り立った。田んぼの反対側に屈み込むと、何やら作業をしている。

やがて、黒い影は立ち上がり、田んぼのこちら側へと、歩き始めた。それは、予想通りの行動だった。待っていたかいが、あったというもの。

康一は、暗がりに隠れ、人影が近づいて来るのを、息を潜めて待った。

自分は、妖怪『うわん』なのだ。

妖怪「田の神」

# 第一章　――三億円の田んぼ――

## 一

黄金色の山田錦の穂が、天に向かって美しい弧を描いている。

一方、そのすぐ根元に、青黒く染まった穂が、倒れ伏していた。

『天津風《あまつかぜ》の田に、毒をまいた。残りの山田錦が惜しかったら、五百万円用意しろ』

新聞から切り抜かれた文字列が、ピエロのように踊っていた。

書体も、大きさもバラバラ。右や左に傾いている。不思議に読みやすい文章だが、リアリティがなく、どこか、嘘っぽい。

世界一とも謳われる、烏丸酒造の特級田の片隅だった。世界一の純米大吟醸酒が、生まれる田んぼ。高貴な日本酒になるはずの山田錦の一部が、青黒く染まって息絶えている。

「許せない！」

山田葉子は、まかれた悪意に、押しつぶされないよう、叫んだ。

空に渦巻く雲は、黒く重く垂れ込めている。大気が湿り気を帯びてきた、雨が近い。

腰を屈め、倒れた稲に手を差し伸ばしてみた。雨粒が一滴、頬に落ちて、流れる。

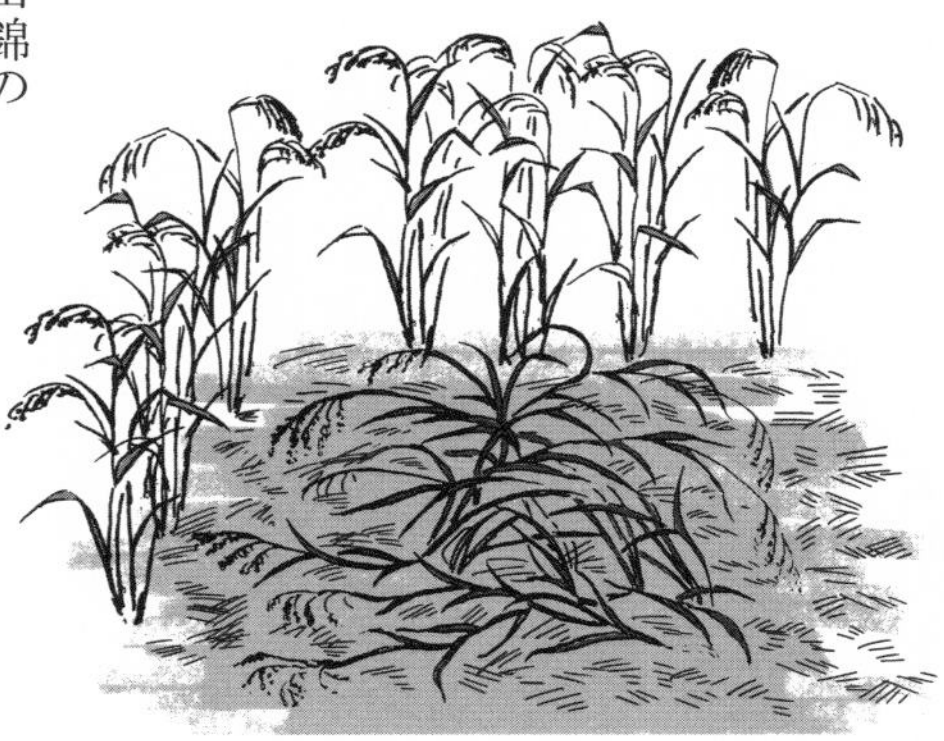

気づくと、湧き出すように、警官が増えてきていた。続々と到着してくる兵庫県警の警官と鑑識官たち。

若い警官が二人、倒れている稲のまわりに、テキパキと黄色いテープを貼っていく。その後、巻尺を引っ張り、田んぼの長さを測り始めた。すぐ横に、土ごと稲の根を掘り起こし、ビニール袋に詰める鑑識官。

手際の良さが、光っていた。誰もが、動きに無駄が無い。

一瞬、背中がザワッとした。

稲の擦れる音。背後に何か、気配が近づいて来る。葉子は、屈んだまま振り向き、身構えた。

山田錦の波が、大きく揺れる。手で掻き分けて顔を出したのは、矢沢トオルだった。

「ヨーコさん、おっかあ知らない?」

のどかな顔で、のんびりした口調。三十半ばのくせに、きょろきょろ母親を探している。

思わず、肩の力が抜けた。

葉子が立ち上がると、背の高いトオルの肩の高さもない。のんきな顔を見上げると、少しカチンときた。

トオルは人の気も知らず、稲穂の頭越し、辺りを見渡し続けている。どこか、餌を探すカラスに似ていた。

だが、確かに最初の警官が着いてから、矢沢タミ子の姿を見ていない。

葉子たちは、三人で烏丸酒造の田んぼへ、雑草取りに来ていた。

一本、百万円以上もする純米大吟醸酒の原料、特級山田錦。その田んぼの草取りは、めったに体験できることではない。とても貴重な機会だった。

喜び勇み、朝早く田んぼに出てきて早々、この騒ぎである。

ふと見ると、大きな覆面パトカーが、向かいの農道に滑り込んで来た。並んで停まっているパトカーを、押しのけるように最前列に停まる。

停止した瞬間、後部ドアから、大柄な女性が、農道に降り立った。一反の田んぼの一辺、三十メートル先の対岸。それでも、地位と意識の高い者だと一目見てわかる。

スラリと伸びた肢体に、ぴったり合った紺のスーツ。美しい黒髪は、ストレートボブ。トオルと同年代だろう。だが、くぐって来た修羅場の数が違う。触れれば切れそうな、抜き身の刀のようだ。

まなじり上がった大きな瞳、鋭い視線で、辺りを眺め渡している。

一瞬遅れて、車の反対側のドアも開いた。中背でコロコロ太った中年男性が、転がり降りて来る。ネズミ色のスーツ。髪は、薄くピッタリと撫でつけてある。体型と裏腹に、動きは滑らかだ。滑るように移動し、女性の後ろに控えた。頭半分、背が低い。

警官が数人、すぐに彼女に駆け寄った。状況報告を、始めたのだろう。

女警察官は、話にうなずきながらも、視線を休みなく辺りに注いでいる。葉子とトオルにも、一瞬視線が止まるが、すぐに通り過ぎた。

が、次の瞬間、黒く大きな瞳がこちらに戻った。凝視されている。

自分が見られているのかと、焦った。だが次の瞬間、彼女の視線が隣に向いているのに気づく。見ていたのは、矢沢タミ子だった。いつの間に、来たのだろう？

「おっかあ、どこ行ってたんだ？　探してたんだぞ！」

トオルの言葉を無視し、タミ子も、女警察官を見つめている。

やがて、二人同時に視線を外した。タミ子が、葉子とトオルに振り向き、ニッと笑う。

小柄で、ふくよか。どことなく、ラッコを思い出す。細い目は、スッと真横に切れ、笑うと顔に刻まれた皺に埋もれた。とうに、七十を過ぎているのに、真っ白な手はふっくらして柔らかい。髪はキュッと一つに、まとめ上げていた。

たった一人で、毎晩、五十人分の料理を切り盛りする店の主。溌剌とした元気なエネルギーが、滲み出ていた。

「ちょっとね、向かいの田んぼで面白い物を見つけたから、取りに行って来たんだよ」

年齢《とし》に似合わず、大きく元気な声を出し、手に持っている稲を掲げて見せた。

「どうだい？」

「ダメじゃないか。人の田んぼから、稲を盗ってくるなんて。怒られるだろ」

「大丈夫、大丈夫。怒られやしないよ。気にしなさんな」

酒米《さかまい》だろうか？　稲を見慣れない葉子には、そう見えた。山田錦ほどではないが、籾《もみ》が大粒だ。ただ、丈は低い。

「大粒だけど、酒米じゃないよ」

タミ子が、葉子の心の中を、見透かしたように言った。籾を割り、籾殻《もみがら》から玄米を外す。

「見てごらん」

殻の内側を、のぞくように促された。見てみると、籾の内側は、鮮やかなラベンダー色をしている。

「うわっ！　きれい。こんな色、初めて見た！」

「あっちの田んぼの真ん中ら辺だけに、植わってるんだよ。変な田んぼだね、そこだけ違う稲を植えるなんてさ」

タミ子は、隣の田んぼを、あごでしゃくって見せた。女警察官の立つ農道とは、ちょうど反対側だ。間に幅一メートルほどの用水路が、流れている。そこに架かった小橋を渡って、稲穂を持って来たらしい。

葉子は、枯れ果てた稲と用水路の間のあぜに、違和感を感じた。よく見ると、大きな動物が引っかいたような跡がある。

何だろうと考える間もなく、トオルがタミ子に、くってかかった。

「変なのは、あんただろ。わざわざ人の田んぼの真ん中行って、稲盗ってくるなんて。稲泥棒！」

タミ子は、楽しそうに笑うばかりで、どこ吹く風だ。立ち働く警官たちを、一瞥して言った。

「こんな騒ぎになってるんだ。稲穂の一本や二本、気にする奴なんて、どこにいるもんかね」

ムッとしつつも、泥棒の追求は諦めたらしい。トオルは苦笑いして、話をそらした。

「おっ、秀造さんが捕まってる」

視線の行く先を追うと、農道の上、さっきの女警察官たちの横に、見慣れた人影が立っていた。この田んぼの主、烏丸秀造だ。

烏丸酒造の十五代目蔵元は、葉子より一回りほど年上。中背でスリム、スタンドカラーの白い麻のシャツに、パンツは藍色。自然素材の服を着こなし、よく似合っている。なぜか、会うたび柳の木を思い出す。細くしなやかだが、芯に強靭さを秘めた感じがするのだ。

身振り手振りを交え、警官に状況を説明しているらしい。

烏丸酒造は、西暦千六百年代初頭、大阪の陣の頃の創業。つい先日、四百周年を祝う記念式典が行われたばかりだった。

神戸市内で行われた式典は、大盛況。知事はもちろん、東京からの招待客も、多数列席していた。元プロサッカー選手による乾杯があり、人間国宝の陶芸家の挨拶まであった。

葉子が、会場で特級田んぼの草取りをねだると、秀造は快諾してくれた。それが、こんな事件に遭遇しようとは。

二

田んぼは、初めてだった。

米を追う仕事を、しているのにもかかわらず。

ただ、たまには署を離れるのも、いいものだ。稲の上を渡る風に吹かれながら、葛城玲子は思った。いつ降り出すかわからない天気だが、田んぼの現場検証も悪くない。後ろに控える部下、高橋警部補もそう感じているようだ。

「今のところ、目撃者は見つかっていません」

所轄の警官が、散発的に報告に来る。

「田んぼにはありませんが、農道沿いには何台かビデオカメラが設置してありました」

玲子は、二人に黙ってうなずいた。

今のところ、大したことはわかっていない。

田んぼに毒がまかれ、稲が枯れ、脅迫状が届いた。

身代金の要求は、五百万円。

黄金色の稲をかき分け、烏丸秀造が田んぼから上がってきた。蔵元で、田んぼのオーナー。日本一高い酒を造る醸造家だという。細面で色白、柔らかい髪を七三に分けている。繊細な銀縁のメガネに、しきりに手をやっていた。

「しかし、ひっどい話ですよ、まったく。何も、悪いことしてないのに」

蔵元が、ぶつぶつとぼやく。

「第一発見者は?」

玲子は、それには取り合わず、訊ねた。

「田んぼの向こう端にいます」

秀造の示す方を見ると、さっきの三人組が目に入った。

白い綿シャツと、ジーンズの小柄な女性。三十才くらいか。

手拭いを頭に巻いた大男は、紺のジャージの上下。身体ばかり大きい高校生が、そのまま年齢《とし》を取ったようだ。

そして、もう一人。背が低く、引き締まった感じの年寄り。おたふく顔の笑顔だが、どことなく得体が知れない。田んぼの中でも、割烹着だ。

「話を聞きたい。行くか」

大股で、あぜを歩き始める。慌てて、秀造が小走りで前に出た。先導するつもりらしい。音もなく、後ろから高橋警部補がついて来る。

田んぼの上を行き交う強い風に、稲穂があおられていた。厚い雨雲が、日差しを遮っている。田んぼは、すっぽりと秋の気配に包まれていた。

遠くは南に六甲山、北は中国山地。ここは、但馬山地の山間にあたる。見回せば、四方は田んぼ。少し離れた低い山の麓まで、ずっと続いている。山向こうの丘陵は、竹林と雑木林が入り交じっていた。

ふと気づくと、周辺は既に稲が刈られている田んぼが多い。まだ稲穂が残っているのは、ここの他には、数えるほどである。湿り気を帯びた空気にも、藁の匂いが混じっている。

「なぜ、ここだけ生えてるんだ?」

問いかけられた秀造が、立ち止まり振り向いた。玲子の視線を追って、辺りを見回し、眉を上げる。

「ああ。酒米《さかまい》を知らないと、奇異に見えますね。生えてるのは、酒米。刈ってあるのは、食べる米、飯《はん》米《まい》なんです。酒米は晩生《おくて》なので、あと半月ほどしてから、刈り取ります」

「サカマイとは、何だ?」

「酒を造るための、専用のお米です」

「酒とは、米から造るのか?」

「日本酒は、そうです」

「どうやって？」

「蒸してから、発酵させます」

「知らなかった。驚いたな」

思えば、日本酒が何からできているのか、原料など考えたこともなかった。

「この辺りは、酒米を多く作っていると聞いてきましたが？」

高橋警部補が口を開き、さり気なく問い掛けた。

この男は、雑学一般なんでも詳しい。

「酒米の適地なんですが、何を育てるかは、農家さんが決めます。

酒米は、高く取引されますが、育てづらいので」

まわりをよく見ると、まだ、生えている稲穂の丈は長い。

「なるほど背が高いから、育てづらいのか」

玲子の指摘に、秀造が少し驚いている。

「その通りです。強い風に弱いので、倒れやすくて」

玲子が見たところ、飯米との違いは丈だけではない。この田んぼには、雑草も多く生えている。

「こんなに草が生えてるのも、酒米だからか？」

酒米
山田錦の場合、草丈が
120cm以上にもなる。
飯米
コシヒカリの草丈は、
90cm程度。

蔵元が、首を左右に振った。

「酒米云々じゃなく、オーガニックの田んぼだからです」

「オーガニック?」

玲子は、首を傾げた。

「除草剤を使ってないんです。化学肥料や農薬を使わない栽培、有機栽培農法をしているので」

「オーガニック農法、妙に高い野菜にシールが貼ってあるやつだ。見たことは、ある。だが、農薬は普通有機系の化合物だろう。有機リン系とか、サリンだってそうだ。農薬を使わないのを、有機農法と呼ぶのは、おかしくないか」

秀造が目を丸くし、両手を広げると、手のひらを上に向けてみせた。

「そういうことは、農水省に言って下さい。連中が決めたので」

つまり、よく知らないらしい。これ以上聞いても、無駄なのはわかった。

田んぼの三人組に近づいて行くと、最初に若い女性が気づいた。丁寧に頭を下げ、肘で隣を小突く。大男も、慌てて頭を下げた。

もう一人。年寄りの女性は、目を見開き、じっとこっちを見ている。細くて黒い目の奥は、深い。何かを、値踏みしてる目だ。

秀造が、三人に駆け寄る。すぐ横に立って、紹介を始めた。

「第一発見者のお三方です。こちらは、山田葉子さん。それから、矢沢トオルさんとタミ子さん。通称、おかあさんです。ヨーコさんは、元料理雑誌の編集長で、今はフリーの日本酒と食のジャーナリストです」

「日本酒と食のジャーナリスト?」

葉子が、微笑みながら、うなずく。

「毎日、飲んで、飲んで、食べて。たまに、書いてます」

瞳をキラキラと、輝かせた。

言葉通りだとすると、かなりいい身分と言える。

「ヨーコさんは、週刊誌に酒蔵の連載を書いてるんです」

葉子は、小顔でパッチリした瞳。健康的な肌色で、黒髪をショートカットにしている。

「こちらの親子は、東京の居酒屋のご店主。たった二人で、五十席の店を切り盛りされてます」

横で、高橋警部補が目を丸くした。

「なんと。毎晩、五十人の客をたった二人で?」

老女将が、余裕の笑顔でうなずく。息子は、黙ってはにかんでいた。服装は仕事着なのだろう。

「それは、凄い」

唸っている。

玲子には、五十人の客が入る居酒屋も、二人で店を回す凄さも、わからなかった。興味もない。

「兵庫県警の葛城警視だ。それと高橋警部補」

玲子は、自分と後ろに従っている部下を、指し示した。

「ここの第一発見者だそうだが?」

三人が、うなずく。

「秀造さんに、草取り体験をさせてもらいに来て、見つけました」

「なぜ？　わざわざ草取りなんか。普通、頼まれたって、やらないだろう」

葉子が、重々しく首を左右に振った。

「そんなことありません。特級クラスの日本酒を造る米の田んぼですよ。草取りさせてもらうのは、凄い名誉なんです」

背筋を伸ばし、胸を張っている。

「何が名誉だって？」

「草取りが名誉なほど、価値がある田んぼなんですな」

高橋警部補が、田んぼを見渡しながら、うなずいた。

車で、田んぼまで送ってもらったと言う。三人で草取りをしていて、トオルが見つけたらしい。

「ここ、凄くいい田んぼなんだけど、草取りは草取りなんだよね。少しやったら飽きちゃって。腰も痛くなったから、あぜに上がってブラブラしてたら、裏手の角が凹んで見えたのよ。それで、見に行ってみたら、稲が倒れてたってわけ」

「やっぱり、あんた、さぼってたんだね。まったく、こんな遠くまで、草取りしに来たのに、何やってんだい」

タミ子が、トオルの頭を後ろから、小突いた。

トオルは、大きな肩をすくめて見せた。苦笑いしている。

「それで、こりゃ大変だって、思ってさ。急いで、ヨーコさんに教えたわけ」

「で、私が秀造さんに連絡しました」

それが、一時間ほど前のことだった。

秀造が、三人の話の後を、引き取って続ける。

「ちょうど、この手紙を受け取ったところでした。半信半疑で、どうしたものかと悩んでるとこに、電話があったんです。ちょっと変だなとは思いましたが、急いでここに来てみると、この有様でした」

「それで、通報されたんですな？」

「そうです、高橋警部補。警察に知らせるな、とは書いてなかったので」

「賢明な判断です」

鑑識官の経過報告では、犯行は夜明け前、まだ暗いうちだろうと言うことだった。ここに毒をまき、その後、烏丸酒造に寄った。直接ポストに脅迫状を投函した可能性が高い。土地勘のある犯人だ。

車の走行音に気づくと、農道を白いハイブリッド車が、飛ばして来る。見る間に近くなり、玲子の乗って来た覆面車の後ろに急停車した。ドライバーが、弾き出されるように転がり出て、あぜを走り出した。ここに、来るつもりらしい。

「トミータさん?!」

知り合いらしく、秀造が眉をひそめ、彼の名を呟いた。

トミータと呼ばれた男は、まっしぐらに秀造に駆け寄り、叫び出した。

「烏丸さん、烏丸さん。大丈夫ですか?」

返事を待たずに、毒をまかれて枯れた田んぼに目をやった。

「こっ、これですね! うわあ、メチャクチャ過ぎる。いったい誰がやったんですか? こんな、恐ろしいこと」

小柄で、小太り。小ぎれいに刈上げた髪型は、清潔感満載。まん丸い黒目は離れ気味。低い鼻と相まって愛嬌ある顔は、ぬいぐるみの熊に似ている。瞳は、クリクリと忙しなく動き、勢いよく捲《まく》し立て始めた。

小男の勢いに圧され、秀造は言葉を発せない。ただただ、うなずいている。何かの拍子に、小男が玲子に気づいた。こっちに向き直って、サッと頭を下げる。

「警察の方ですね。県庁農林水産振興課の課長、富井田哲夫です。農水省から出向で、こちらに来ています。天津風の田んぼが、大変なことになってると聞き、取るものも取りあえず、真っすぐここに飛んで来ました」

一息に、説明し切った。練習していたかのよう、立て板に水だ。

「こちらは葛城警視。本庁からの出向。自分は、高橋。警部補です」

「ありがとうございます。こちらの任期はいつまでですか?」

富井田課長が、玲子に聞いてきた。

「あと二年半くらい」

「そうですか。それなら、僕と同じくらいだ。どうぞ、トミータと呼んで下さい。それにしても、田んぼに毒まくなんて、ホントやることが人間の屑です。田んぼの被害はもちろん、環境汚染にもなりますし」

言い終えるなり、今度は第一発見者の三人に気づいた。

「あれっ?! ヨーコさんじゃないですか」

今度は、三人に駆け寄った。どうやら知り合いらしいが、落ち着きのない男だ。

「なんと、トオルさんとおかあさんまで。こんなところで、何をしてるんですか？ 危険だし、捜査の邪魔です。さっさと帰ってください」

「わたしたち、第一発見者なんです」

葉子の言葉に、富井田課長が、目を丸くした。一瞬、言葉に詰まる。

「草取りに来て、たまたま見つけたんです。それよりトミータさんこそ、なぜ、ここに？」

「脅迫状の話を、聞きつけまして。心配になったんで、真っすぐここに飛んで来ました」

「そうかい、あんたも心配性だねえ」

「いや、おかあさん。それほど、でもないです」

富井田課長は、恥ずかしそうに頭をかいた。

そこへまた、ドタバタと足音が近づいて来た。今度は、赤ら顔の中年男だ。

所轄の兵庫県警播磨警察署の捜査一課長、勝木道男。この捜査の責任者だ。中年で、中背。筋肉質のがっちりした体格だが、下腹が緩んでいる。

「警視、こないなとこで、何してはるんです?」

少し息を切らし、額に汗を浮かべている。

「第一発見者から、事情を聴取していた」

「そないな些事《さじ》は、我々に任せて下さい」

余計なことをするなと、顔に書いてある。

「いや、問題ない」

短く切り捨てた。相手の顔が、少し強張るのがわかる。だが、あえて玲子は無視した。

「それで、向こうの様子は?」

「現場検証は、だいたい終わりました。鑑識の岩堂《いわどう》さんが引き上げてええか言うてます。一応、警視にも了解をいただこうと」

面倒くさいが、渋々といった様子だ。

「了解した」

勝木課長は、サッと踵を返しかけ、一瞬だけ足を止めた。ちらっと、田んぼを見渡す。

「ふん、雑草だらけ。ひっどい田んぼや」

背の高い稲と稲の間に、雑草がふさふさと茂っている。

「こんな田んぼで、たった五百万円。田んぼボロけりゃ、身代金もせこい。チンケな犯人や」

あてつけるようなだみ声の呟きに、秀造の顔が強張った。ギュッと、唇を噛み締めている。

何か言うかと思った瞬間、先に葉子が口を開いた。見かけによらず、沸点が低いらしい。

「何も知らないくせに！　勝手に決めつけて。適当なこと言わないでください！」

小柄で華奢な雰囲気に似合わず、大きな声、激しい口調だ。勝木課長が、少したじろぐほど。なかなかの剣幕だ。

「この天津風の田んぼは、世界一の日本酒『天狼星《てんろうせい》 純米大吟醸 天津風《あまつかぜ》』の山田錦を作ってるんです。警察官のくせに、そんなことも知らないんですか！」

葉子の目が、三角になって吊り上がっている。

「ヨーコさん、それは……」

先を越された秀造も、葉子の勢いに、当惑しているようだ。

「世界一の酒？」

玲子も、田んぼを見回してみる。

そう言われれば、背が高く、大粒で立派な稲だ。ただ、確かに雑草も多い。世界一の田んぼなのかどうか、玲子には判断がつかなかった。

葉子が、田んぼの前に仁王立ちして、続けた。

「いいですか？　この田んぼでできた酒米から、四合瓶一本百万円の純米大吟醸酒が造られるんです。純米大吟醸酒、四合瓶一本造るのに必要なお米は、約一キロちょっと。一反当り六俵、三百六十キロの玄米が取れます。だから、この田んぼから、三百本の純米大吟醸酒が造れるんです。つまりこの田んぼは、三億円以上の価値があるんです！」

「三億円？」

勝木課長の目が、丸くなった。

「一反、三十メートル四方で、三億円やて?!」

めったに動じない高橋警部補も、驚いている。一方、富井田課長は、同感らしい。わざとらしいくらい大きく、うなずいている。

秀造はどうかと、ちらっと顔をのぞいてみると、意外なことに当惑顔だった。

やがて、勝木課長が、気を取り直した。苦笑いして、肩をすくめる。

「普通の田んぼやないのは、ようわかった」

そして、玲子に向き直り、改めて敬礼して見せた。

「なんにしても、たった五百万円程度の事件じゃ、警視殿の高い時給には、見合わん事件やと思いますな」

どうやら、それが言いたかったらしい。

「まっ、農道のビデオに犯人の車が、映ってるやろ。捕まるのは時間の問題やな」

勝木課長は、再びぐすりと笑ったかと思うと、クルリと背を向けた。さっさと、歩き去って行く。

所轄に任せて、引っ込んでいろと言うことだろう。

そのとき、勝木課長の後ろ姿に、意外な大声がかけられた。

「何、言ってんだい。犯人は、農道なんて使ってないよ」

振り向くと、タミ子だった。お地蔵さんのような微笑みを浮かべている。

勝木課長も足を止め、不審そうな顔で振り向いた。

「あんた、何もんや？」

タミ子はそれには答えず、枯れた田んぼと用水路の間、あぜを指さした。

「よく見てごらん、箒目《ほうきめ》が残ってるだろ。鑑識の人は気づいてたよ」

言われてみると、あぜに動物が引っかいたような跡が残っている。箒で掃いた跡にも見えた。

「なんなんや？　それが」

「犯人が、箒で掃いてった跡だよ。自分の痕跡を消すためにね。奴は、ここから毒をまいて、稲を枯らしたのさ」

勝木課長初め、全員が黙って息を呑む中、タミ子は一人笑っている。そして、用水路を指さした。

「犯人は、この用水路伝いにここまでやって来たんだろう。そしてここであぜに上がり、毒をまいた。その後、箒で痕跡を消すと、また用水路伝いに移動して帰った。臭跡や痕跡を残さないためにね」

玲子も、薄笑いしてうなずいた。

「確かにな。農道のビデオは、参考にならなさそうだ。そんなに、馬鹿な犯人じゃないってことか」

「脅迫状に、警察のことを書かなかったのは、捕まらない自信があるからさ。あんた、五百万円がちんけな身代金だって言ったけど、それは違うね。絶対、何か深い意味が隠されてるよ。この事件の犯人は、一筋縄でいく相手じゃない」

何が楽しいのか、くっくっくと老女将が笑う。

勝木課長は、鼻をふくらまして、タミ子を睨みつけた。やがて、眉間に皺を寄せると、フンっとハナ息を吐き出した。

「なあに、身代金の受け渡しで、捕まえたるわい」

捨て台詞を残すと、サッと振り返り、大股に歩き去って行く。

待機している警官と鑑識官たちに歩み寄り、テキパキ指示を出した。さっさと撤収させていく。さすが、見事な手際だ。数人の警官だけを残し、パトカーが走り去って行く。

第一発見者の三人組も、いったん酒蔵に帰ることになった。

「ヨーコさんたちは、誰か呼んで送らせましょう」

「僕が、送ってきます！」

秀造の言葉に、富井田課長が、手を上げた。

「田んぼが心配で来たけど、ここにいても、お手伝いできることは無さそうだし」

「トミータさん、助かります。そしたら、お願いできますか」

「お安いごようです」

富井田課長は、さっと車に戻ると、農道上で器用に転回させた。葉子たち三人を乗せ、猛スピードで走り去って行く。後には、砂塵が舞っていた。

車を見送った高橋警部補が、秀造に尋ねた。

「烏丸さん。可能なら現金五百万円、準備しておいてもらえますか？」

こういうときの口調は、極めて事務的だ。

「勝木課長の言う通り、受け渡しでの犯人との接触が、チャンスなんです」

「わかりました。後ほど、準備して来ます」

高橋警部補が、堅苦しく頭を下げる。

「一つ、聞きたいことがある」

玲子の問いに、振り向いた秀造。小首を、傾げた。

「本当に、この雑草が生えた田んぼが、三億円の田んぼなのか？」

秀造の表情が強ばり、パチパチと瞬きをした。そして、恥ずかしそうに苦笑いすると、首を左右に振った。

遠く低く、響く雷鳴が、微かに空気を震わしている。

三

車窓の田んぼの景色が、飛ぶように流れていく。かなりの速度だが、富井田課長は、鼻歌交じりだ。

葉子たち四人を乗せた車は、田んぼの真ん中の農道を走っていた。一車線の農道に、他に走っている車は、ほとんどいない。

この辺は、但馬山地の谷間にあたる米の名産地だ。山田錦栽培の特優地区と呼ばれている。左右どちらを見ても、山の麓まで、田んぼがずっと続いていた。

ところどころに農家の集落と、小さな森。そこには必ず鳥居があった。鎮守の森なのだろう。

「あっ、危ない！」

富井田課長の切迫した声に、助手席の葉子は、スマホから顔を上げた。

前方を飛ばしている軽トラックが、大きく蛇行運転している。その前には、赤いクーペ。見る見るうちに、車間が縮まり、ぶつかりそうになった。

その瞬間、クーペが、真左にスライドして逃げる。凄腕のドライバーのようだ。

だが、蛇行する軽トラックが、再び揺り戻し、クーペへと突っ込んだ。もう、逃げるスペースがない。追突されたクーペは、農道から弾き出され、あぜに滑り落ちた。一方、軽トラは、ぶつかった反動で態勢を立て直し、揺ら揺らしながら、走り去っていった。

「ちっ、なんてこった。ありゃ、酔っ払い運転か?」

富井田課長は、舌打ちすると、グッと車速を落とした。ぶつぶつ言いながら、ゆっくりとクーペの横を通り抜けようとする。

「停めて下さい!」

走り去ろうとする富井田課長に、葉子は言った。

「えっ? 脱輪しただけですよ。心配いりません」

「目の前で事故った人を、ほっとくわけにはいきません」

口調を強めた葉子の目を、チラッと確認し、本気度を悟ったらしい。

「はっ、はい。了解しました! 袖振り合うも多生の縁。手助けして行きましょう」

スッと、農道脇の路肩へと車を寄せ、停める。葉子とトオルは、農道に降り立った。

脱輪して傾いたクーペのドアが、少し動いた。トオルが、運転席に駆け寄り、ドアを引き開ける。

礼を言いながら、ドライバーが這い出てきた。ロマンスグレーの痩身。ストライプのボタンダウンに、細身のジャケットを羽織っている。その男を一目見て、葉子とトオルは驚いた。

「桜井会長?!」

『獺祭《だっさい》』醸造元、旭《あさひ》酒造の桜井《さくらい》博志《ひろし》会長だった。タミ子の店の常連客。葉子も何回か一緒に飲み、酒蔵を訪問したこともある。

「ヨーコさん?!　それにトオルちゃんも！」

降りてきた桜井会長も、二人を見て目を真ん丸くした。めったに、物事に動じない人なのに。

「なんで、こんなところに?」

三人同時に、同じ質問が口をついた。次の瞬間に、顔を合わせて笑い出す。

桜井会長は、怪我一つ無い。だが、車の方は、そうでもなかった。衝突された右サイドのボディが、痛々しく凹んでいる。

「ひどい軽トラックだった。田んぼ眺めたくて、スピードをちょっと落としたら、いきなりだもの」

桜井会長が、渋い顔を左右に振った。

「ナンバーは、ひかえたから、捕まえてもらわなきゃ」

田んぼにクラシックの旋律が、流れ出している。幸いクーペのラジオは、無事だったらしい。

「最近、手に入れたばかりの車でね。時間ができたから、今日は近場を走ってみようと」

「山口県から、ここまでが近くですか?」

これには驚いた。軽く三百キロ以上は、離れている。

「うん。兵庫まではね。ちょくちょく走りに来るんですよ」

桜井会長は、眩しそうに辺りを見回した。稲刈り跡と、黄色い稲刈り待ちの田んぼが、入り乱れている。

「この辺りは、山田錦の故郷だからね」

そう、獺祭の旭酒造は、山田錦しか使わない酒蔵なのだ。

「その年の作柄を見たり、いい田んぼがあったら、どなたのか知りたいし。田んぼを見ながら走って、飽きることがない」

ラジオのクラシックが終わり、ローカルニュースに代わった。

「今年の作況指数は……」

途切れ途切れに、不作という言葉が流れてくる。

タミ子と富井田課長は、車から降りてこない。世間話でもしているのだろうか。

「この辺りは、いい田んぼに飯米が多い。もったいないなあ。山田錦の最適地だから、作って欲しいな」

桜井会長は、稲刈りの終わった田んぼを指差した。飯米は、早生《わせ》品種が多いのだ。

刈り取られた田んぼは、枯れた稲株だけを残し、土面は乾燥し切ってひび割れている。生命感が無く、ポカンと空虚だ。どこか、寂寥感が滲み出ていた。

「この辺が、山田錦の生まれ故郷だからですか?」

「それもあるけど、ここは瀬戸内気候だから、温暖で日照がいいでしょ。その割に、寒暖差もある。

標高が少し高いからね。それと南の六甲山脈と、北の中国山地の間に挟まれてるから、東西に風が通る。日本中の田んぼを見て歩いて来たけど、ここほど山田錦に適した土地はないね」

日本中の田んぼを見て歩いてきたのは、決して誇張ではないだろう。

ニュースが、米の作況指数から、脱法ライス中毒者の話に移った。どこかで、事故を起こしたらしい。

「ヨーコさんたちは、ここで何してたの?」

「田んぼの草取りです。烏丸さんとこの」

「天狼星?」

葉子とトオルが、うなずく。

「おおっ、素晴らしい田んぼだよね。車を停めて、よく眺めさせてもらっているんだ。最高の山田錦の田んぼ。羨ましいなあ。僕も、草取りさせてもらいたいくらいだよ」

桜井会長の目が、キラキラ輝いている。本当に羨ましいらしい。

「これから、蔵に戻るんですけど、桜井さんも寄って行きませんか?」

「ありがたい、そうさせてもらおうかな」

乗って来た車の運転席のドアが開き、富井田課長が転がり降りてきた。

ようやく桜井会長が、誰だか気づいたらしい。課長は慌てて会長に駆け寄り、名刺を差し出し、にぎやかに自己紹介を始めた。

# 四

勝木道男が到着したとき、烏丸酒造の事務室の電話には、逆探知装置の取り付けが終わっていた。いつ電話が着信しても、かけてきた先がわかる。ただ、プリペイドの携帯電話は別だ。発信エリアまでしか、特定できない。

烏丸酒造は、事件現場の田んぼから車で、十五分ほど。田んぼに囲まれた、静かな集落の一角。小山の懐に、抱かれるように佇んでいた。広々した敷地内に、酒蔵と屋敷に事務所が建っている。

勝木は、秀造が提供してくれた応接室を、仮の捜査本部と決めた。事務所の建屋、入ってすぐが事務室で、その奥にあたる。

木製のドアに、はめ込まれたステンドグラス。磨き込まれたウォールナットの床。白壁に貼られた腰壁板も同素材で、落ち着いた雰囲気を醸し出している。窓には板ガラスがはまり、微かな歪みのせいで光が不規則に屈折して見えた。広い部屋の中央には、大きな応接テーブルが置かれている。重厚感ある分厚い一枚板だ。そこここに、昭和初期のセピア色な雰囲気が漂っていた。

凛とした空気が張り詰め、部屋の中には塵埃一つ無い。

壁面高く、所狭しと、賞状が掲げられている。その数、数十枚。全国新酒鑑評会、金賞連続受賞の証だ。

歴史的に酒蔵は、その地方の名士だ。田んぼを持っていても、勝木の家のような、兼業農家とは違うのを、改めて思い知らされる。

仮捜査本部になった酒蔵の応接室に、捜査員が出入りする。そのたび、徐々に情報が集まってきた。

玲子たちが合流したところで、捜査会議を開始した。関係者が、ぐるりと応接テーブルを囲む。

背が高くひょろりとした鑑識官、岩堂孝が立ち上がった。白衣のまま、報告を始める。分厚いレンズのメガネに時折手をやっている。勝木は、理科の先生を思い出した。

最初は、田んぼの状況。稲を枯らした毒物は、農薬と思われる。成分は、分析中。用水路に面したあぜから、毒物を散布。あぜを掃いて、痕跡を消している。その後、用水路に入って逃走したと思われる。タミ子という老女将の言う通りだった。今のところ、どこで水路から上がったかは不明。

岩堂鑑識官は、メガネを直すと、脅迫状の分析結果に移った。

指紋は、発見されなかった。短い文面は、新聞の文章を切り離し、コピー紙に貼り付けて組んだもの。新聞は、兵庫新聞。だが、版は特定できていない。販売地域は、わからなかった。使われた用紙も、無地の一般的なコピー紙。大手の製品だが、販売店まではわかりそうにない。スティック糊も、同様。

「そっちは、どないや?」

勝木は、隣の捜査員たちに、目を移した。会社の経営状態などを、調べさせている。

「会社に、大きな金銭トラブルはないようです。経営は順調ですね。かなり儲かってると言えます。蔵元個人の経済状態も良好です」

「ふむ」

「怨恨《えんこん》など、人間関係については、これから調べますが、過去にはいろいろあったようです」

「そうか、そっちが本命やな。頼むでえ」

それまで、上の空で報告を聞いていた玲子が、口を開いた。

「過去の類似の犯罪は？　調べるように言っておいたが」

そんな話、勝木は聞いていなかった。

だが、調べるまでもない。その程度のことも、知らないのだ、都会者は。

「警視、それはありませんわ。田んぼに毒をまいて、脅すなんて。普通には、絶対に事件になりませんし」

つい、勝木の口調が荒くなる。

玲子の大きな目が細くなり、勝木を刺した。

「なぜだ？」

「田んぼの価値が、低いからですわ。普通の米やと、一反あたりの売り上げは、せいぜい十五万円くらいにしかなりまへん。せやから、脅されて金を払う農家はいまへん。また、払えるほど豊かな農家もありまへん」

玲子は、面白くなさそうに、黙って聞いている。

「今回の事件は、日本一と言われる、超高級酒米を栽培する田んぼだから起きた。皮肉な話とも言えますなあ」

烏丸酒造の田んぼが高く評価されるのは、その米から生み出される日本酒のためなのだ。

同じ米なのに、その差はなんなのか。警察官ながら兼業農家を営む勝木は、そこにちょっと面白くないものを感じていた。

田んぼでは、わざと、ああは言ってみたものの、犯人が狡猾であることは、勝木も十分に承知していた。田んぼは、無防備だ。毒をまく気があれば、防ぎようがない。二十四時間警護することなど、できるはずがない。

「つまり、調べてないのか？」

玲子の問いに、捜査員の一人が、首を左右に振った。手元の資料を、めくり始める。

「田んぼがらみの事件では、五年前に山形で一件。稲を刈って持ち去る、盗難事件の記録がありました」

「ほう、どんなんや？」

「盗んだコンバインで、収穫間近のコシヒカリを刈り取り、トラックで運び去ってます。その秋、山形県内、何か所かの田んぼで盗んだ後、犯人グループは捕まってます。農家と元農協職員でした」

食べる米、飯米をコンバインで刈り取る盗みと、特級酒米の田んぼの脅迫は、奥羽山地と瀬戸内海くらい違う。

「盗難は、ちゃうな。今回の事件とは関係ないやろ。他には？」

「それ以外、国内では、過去に類似の事件はありませんでした」

「海外は？」

畳みかけるような玲子の声、何故かトーンが上がっている。

「はい、警視。フランスのブルゴーニュ地方で、二千年に類似の事件が起こっています。ワイン用のブドウ畑に、除草剤をまいてブドウを枯らし、金銭を要求した事件です」

「どういうブドウ畑だ？・」

「ピノノワールの特級畑。最高級の赤ワインを造るブドウの畑です」

「どうなった？・」

「金銭受け渡しの際に、犯人が捕まってます。畑のオーナーに恨みを持ってる者でした」

玲子が、勝木の方に視線を送ってきた。冷ややかに。

悔しいが、この情報は参考にせざるを得ない。

「今度の犯人も、どっかでその話聞いて、真似しとるのかも知れんな。そやったら、前は受け渡しで捕まっとるから、そこを工夫してくるかもしれん。その事件のこと、もう少し詳しく調べてみてくれ」

癪だが、手応えを感じたのも、事実だった。

捜査員たちが、応接室を出ていくと、入れ代わりに秀造が、部屋に入って来た。入るなり、厳しい顔で、首を左右に振る。

「銀行は、無理そうです」

土曜なので、窓口は開いていなかった。ＡＴＭで、五百万円は下ろせない。

「弱りましたな、身代金が準備できないとは」

勝木は、苦々しくうめいた。受け渡しが出来ないと、犯人逮捕の機会がなくなる。

「すみません」

秀造が、頭を下げた。育ちの良さを伺わせる、丁寧な仕草だった。

そのとき、静かだが威厳ある声が、部屋に響き渡った。

「私が、準備しましょう」

驚いて勝木が振り向くと、いつ部屋に入って来たのか、見慣れぬ男が立っていた。いや、実は見知った顔だ。

ワカタヒデヨシ。サッカー元日本代表。歴代のプロサッカー選手の中でも、三本の指に入る名選手。堂々とした恰幅に、引き締まった筋肉。キビキビとした所作は、現役引退後も全く変わっていない。

部屋の中が、一瞬静まりかえった。捜査員も、皆、動きを止めて男に見惚れた。

「ワカタさん、それはダメです。そんなことで、甘えるわけにはいきません」

秀造は、大慌てでだ。ぶるぶると、首を左右に振り続けている。

「今日の夜までに、こちらに届けてもらいます」

その言葉は、口から出た瞬間、既定事実になっていた。

秀造の動きが、止まる。少し間をおいてから、ゆっくりとうなずいた。

「お言葉に甘えさせていただきます。週明けに銀行が開き次第、お返ししますので」

深々と、頭を下げた。

ワカタが、優雅に首を左右に振る。そして、微笑んだ。

「ご存知の通り、天津風の田は、私にとっても大事な田んぼなのです」

なぜ、ここに世界的な名選手がいるのか？　また、あの雑草の生えた田んぼのどこが、そんなに大事なのか？　勝木には、全く理解できなかった。

わかったのは、世界のワカタが大事にするほど価値があること。あの田んぼの認識を、改めなくちゃならないということだった。

## 五

さえぎる物の無い、田んぼの中。遠くからでも、烏丸酒造の煙突は目立った。富井田課長の運転する車は、まっしぐらに煙突を目指して走っていく。やがて酒蔵が、見えてきた。

小さい森を背景に、酒蔵の手前には、田んぼが広がっていた。長い白壁の上に、黒い瓦屋根が光って見える。

敷地の手前を流れる小川が、あたかも堀のよう。酒蔵と屋敷は、小さな城郭のようにも見える。小川に架かった橋を渡ると、蔵前の広場が駐車場代わりに使われていた。パトカーや黒塗りのセダンが、何台か停まっている。

正面に事務所が建ち、その奥が酒蔵だった。右手の通路が、秀造の住まい、屋敷へとつながっている。事務所は、外観はレンガ造り。事務室と応接室に試飲ルーム、倉庫を兼ねている。

入り口周辺が、何やら騒がしかった。人や車の出入りが多いが、それだけではないようだ。人の輪が、できている。その中央に、背が高く、まん丸く太った若い大男が一人。ダミ声を上げていた。ディズニーのキャラクターTシャツに、ジーパン。ビーチサンダルを、履いている。

まわりを蔵人たちが、遠巻きに囲んでいる。輪の中に、秀造の姿も。大男と、対峙している。

近づくに連れて、途切れ途切れに、会話が聞こえて来た。

「だから、どうしてくれるんだって聞いてんだろ。前から俺が言った通りになっただねえか。言ったこっちゃねえ」

「何を言ってたって、言うんです。何も聞いてませんよ」

「オーガニックなんかで田んぼやったら、まわりに迷惑かかるからやめろって、ずっと言ってきただろ。それなのに、続けやがって」

「それとこれとは、別でしょう」

「いや、どれもこれも、一緒くただ。出る杭は打つ！」

「そんな、無茶な」

「うちの田んぼは、用水でつながってんだ。そっちにまかれたもんは、当然こっちにも来るだろうが。あんたんとこは、自業自得だろう。だが、巻き添え食うこっちは、大迷惑なんだよぉ」

吠えまくる男は、目がイッている。涎《よだれ》も、少し垂らしているようだ。

しきりに頭を下げる秀造の横に、どこからともなく老紳士が現れた。

大きな口髭を、たくわえている。よく手入れされた髭の先端は、クルリと反り返っていた。背が低く、樽のような体型。だが、動作は機敏だ。若い大男に近づくと、その手に、スッと茶封筒を握らせた。

太っちょが、黙って受け取る。厚みを確かめ、ニンマリと笑った。

ちょうど、そこへ、自転車が走り込んで来た。蔵人たちが、慌てて道を開ける。運転しているのは、よく陽に灼けた小柄な女性。大男に、自転車を横付けした。

「兄ちゃん、何やってるの。恥ずかしいったらありゃしない。やめてちょうだい」

若い娘が、男を叱りつけた。その場に、自転車を横倒しにすると、秀造に向かって頭を下げる。

「烏丸さん、すみません。ただでさえ、大変なところなのに。兄にはよぉく言い聞かせて、二度とさせませんから」

しきりに頭を下げる姿は敏捷で、動きはしなやか。兄も妹に頭が上がらないらしい。一緒に、頭を下げさせられている。

秀造が渋々うなずくと、妹は礼を言って、兄の尻を叩いた。すぐに自転車で、走り出して行く。兄も、ぶらぶらと後から続き、小橋を渡って去って行った。

蔵人たちも、三々五々仕事へと戻って行く。

いつの間にか、口髭の老紳士は姿を消し、影も形も見えなかった。

気づくと、見知った顔が広場を横切っている。元プロサッカー選手のワカタヒデヨシである。

「ワカタさーん」

葉子が、手を振ると、ワカタが滑らかに身体を捻った。手を振り返してくれる。グラウンドで、ファンに手を振るように。そして、停めてある車に乗り込むと、走り出して行った。アルファロメオのスポーツクーペ、最新型だ。

ワカタは、サッカーを引退した後、日本酒のプロモートをしている。様々なイベントを企画開催し、葉子は何回もイベントでお世話になっていた。

秀造が、桜井会長と葉子たちを見つけて、歩み寄って来る。

「桜井会長、すみません。お恥ずかしいところを、お見せしまして」

とんでもない、と桜井会長。

「難儀ですなあ。私も経験あるからわかりますよ。農家さんが、純朴だなんて、幻想ですよね」

「まったくです。なんで、こんな目に遭わなきゃいけないんだか」

小さくため息をついて、秀造は手を差し出した。

「ようこそおいで下さいました」

桜井会長と、力強く握手した後、秀造は葉子たちに笑顔を向けた。

「遅かったのは、桜井会長をピックアップしてくれてたからですね。ありがとうございます」

「それは、そうと。今の若いデブは何なんだい？　金目当てのクレーマーじゃないか」

「おかあさん、そうなんですよ。今の松原さん。毒をまかれた田んぼの隣農家なんです。前々から、なんやかんやと、難癖付けに来るんです」

「小遣い稼ぎみたいだったねえ。金を握らせると帰るのかい？」

タミ子の目は鋭い、秀造は肩をすくめた。苦笑いしてみせる。

「田んぼをやってる妹さんは、いい人なんですけどねえ」

諦めたように、ため息をついた。

気を取り直したらしく、桜井会長と葉子たちを、屋敷へと誘ってくれた。

「桜井さん、どうぞ。取り込んでおりますが、お茶を召し上がって行って下さい」

秀造の言葉通り、酒蔵の敷地内は、騒然としていた。

烏丸酒造のユニフォームは、パンツと帽子が淡い水色。ジャケットがネイビーブルーだ。きっちりアイロンがきいた作業着を着て、社員たちが敷地内を走り回っている。

ケースに詰めた一升瓶を、フォークリフトで運び、トラックに積み込む。米袋を運ぶフォークリフトが行き交い、すれ違った。日本酒が出荷され、原料米が運び込まれている。

そしてそれらを、さりげなく監視している警官たちの姿も、見え隠れしていた。

広い敷地内には、酒蔵と隣接して、烏丸家の屋敷も建っている。垣根と簡素な門で仕切られた中に、瀟洒《しょうしゃ》な庭があった。そこには、結界が張られてるかの如く、蔵の喧騒が伝わってこない。建物は築百年以上と思われる、重厚な日本家屋。平屋建てだ。床はもちろん、桟の上にも埃一つない。

風通しのいい座敷に通されると、広い庭が見渡せた。手前の池に泳ぐのは、鮮やかな錦鯉。遠近感を出すため、巧みに植えられた左右の桜の木と梅の古木。庭の隅には、ひときわ高く巨大な欅《けやき》の大木がそびえていた。

「樹齢四百年、創業当時の欅です」

葉子が、大木を見つめているのに気づいたらしい。秀造が、教えてくれた。

座敷に座るなり、桜井会長が頭を下げた。

「烏丸さん。創業四百年、おめでとうございます。それから、多田杜氏のこと。遅ればせながら、お悔やみ申し上げます」

「その節は、丁寧なご挨拶を、ありがとうございました」

秀造が、深々と頭を下げる。桜井会長も同様に身体を折り、低く頭を下げた。

「ニューヨークに出張中でお弔いに伺えず、もう半年近くになりますか?」

「杜氏は、昨日の四百周年祭を、半年前から楽しみにしてたのですが」

しばらく、亡くなった杜氏の思い出話が続いた。一段落した後、桜井会長が遠慮深げに尋ねる。

「もろみタンクに落ちて亡くなられたと、聞きましたが?」

秀造が、無言でうなずいた。

日本酒発酵中のもろみタンク内は、酵母のアルコール発酵で出る炭酸ガスでいっぱいだ。酸素はゼロ。そこに落ちれば窒息して、まず助からない。

二十一世紀に入っても、全国で毎年一人か二人は事故に遭う。酒造り作業から切り離せない危険。日本酒製造業の最も大きな課題とも言える。

米の糖分をアルコールに変える微生物、酵母は発酵するとき、炭酸ガスも生み出す。空気よりも重い炭酸ガスは、もろみタンク中の空気を追い出して、中に溜まるのだ。

「昨季の造り、最後のもろみでした」

事故が起きたのは、六月初旬。

一人で仕込み蔵に来た杜氏が、もろみタンクに落ちた。その後、出社して来ない杜氏を、蔵人たちが探し、タンクの底で冷たくなっているのを発見している。

「甑倒《こしきだお》し後のことでした。間もなく造りが終わるというときです。魔が差したとしか、思えません」

米の蒸しが終わり、甑を片付けるのが、甑倒しだ。

最後の蒸し米を蒸し上げ、もろみタンクに投入すると、酒造りの辛い重労働が終了する。甑倒しは、事実上の酒造りの終了にあたる。

昔は、甑を倒すと、出稼ぎの杜氏は、地元の北国へと帰って行った。

「今年の酒造りが、終わることは、永遠にありません」

「それは、寂しすぎる」

桜井会長にとっても、他人事ではないのだろう。自分のことのように悲しみ、悔しがっているのが伝わってきた。

誰からともなく、皆、庭を眺めた。風が、強くなってきたらしい。塵一つなかった庭に、枯れ葉が舞い始めている。

冷めた茶を一口啜《すす》り、桜井会長がぽつりと口を開いた。

「多田杜氏にお線香を手向《たむ》けたいのですが、お墓は岩手でしょうねえ?」

「地元に帰って葬《ほうむ》られました。杜氏の亡骸《なきがら》は」

「それなら、せめて。亡くなったタンクに、手を合わさせていただけませんか?」

桜井会長の言葉に、秀造の眉が上がった。どこか、ほっとしたようにうなずく。

「ありがとうございます。きっと、杜氏も喜ぶことでしょう」

何かを問うように、秀造が葉子たちに視線を向けてきた。タミ子が、それに応える。

「あたしたちも、一緒させてもらって、かまわないかい?」

「もちろんですとも。こちらから、お願いしたいくらいです」

残ったお茶を啜り終え、さて立ち上がろうかというとき。桜井会長が、軽く首を傾げ、秀造に尋ねた。

「ところで、今年の造り。杜氏は、どうされるんですか？」

それまで、しんみりしていた秀造の表情に、少しだけ赤みがさした。

「ああ、それはなんとか。新杜氏を、手配できました」

「おおっ、それは良かった。でも、大変だったでしょう？」

桜井会長は、良かったと言いつつも、心配半分といった感じ。

秀造も、難しそうな顔をしている。苦労を、思い出したのだろう。

「ええ、杜氏の四十九日が済むまで、何もできませんでしたから。それから、代わりの杜氏を探したんですが、遅すぎました。どこの蔵も、次の酒造りの体制決めてましたので。空いてる杜氏など、どこにもいやしない」

「そりゃ、そうでしょう。杜氏はもとより、蔵人一人欠けたって、支障きたしますもの」

「だからと言って、今の副杜氏は、まだもの足りない。せめて、あと一年は技術のある杜氏の下で経験を積ませたい。と、ちょうどそこへ、噂を聞き付けたと、自ら売り込みに来た杜氏がいたんです」

「誰ですか？」

「流離《さすら》いの杜氏とも呼ばれる、速水克彦さんです」

桜井会長が、手を叩き、目を見張った。

「伝説の杜氏だ。一年契約で酒蔵に雇われ、極めてクオリティーの高い酒を造るという。でも、高額な契約金を取ると聞きましたが？」

「背に腹は、代えられませんから」

葉子も、噂だけは聞いたことがあった。独学で腕を磨き、どこの杜氏集団にも属さない一匹狼の杜氏。腕は超一流だが、気難しくて、ぶっきらぼうだと。

「秀造さん、確か速水杜氏って、燗酒向きの純米酒が得意でしたよね」

トオルの地声は大きく、座敷の中によく響いた。

「うちの店でも、鳥取で速水杜氏が醸した酒、扱ったことがある。熱燗にすると、妖しい色気が出てうまかったっけ。ひょっとして、天狼星の燗酒が出るんですか？」

「トオルさん、別銘柄で売り出します。タンク一本だけ仕込む、燗酒向きの純米酒。酒販店も別です」

「なんで、そんな面倒くさいことを？」

桜井会長が、訝《いぶか》しげな表情で首を捻った。

「速水杜氏は、熱心なファンが多いんです。消費者にも、酒販店にも。杜氏が勤める蔵の酒について回る、追っかけですね。でも、天狼星の酒質と違いすぎるんで。このことは、どうかご内密に」

頭を掻いて苦笑した秀造、唇に指を立てて見せた。

「しかし、かなりな人気で、何年か先まで順番待ちしてる蔵もあると聞きました。よく来てくれましたね」

「それが、たまたま今季の酒造りは、空いていたという話で……」

秀造は、途中で言葉を飲み込んだ。形のいい眉をひそめて、黙り込む。

「何か、気になることでも？」

「実は、契約した後で聞いた話があって。奈良の酒蔵に行く約束を、断って来たらしいのです。違約金を払ったとか」

「よその酒蔵を断って、ここに？」

秀造が、思案深げに、ゆっくりとうなずいた。

「うちとしては、ありがたい話なんですが。先方に、申し訳が立たない。また、そうまでして来る理由も、わからない」

「こちらの酒造りに、興味があったんでは？　ものすごく酒造技術に、貪欲だとか。技術泥棒という噂もある。勤めた酒蔵の技術を、根こそぎ取って、身に着けてるって。会って、話を聞いてみたいなあ。もう、いらしてるんですか？」

「はい、今日は休みを取ってますが、明日は出てきます。桜井会長、どうでしょう。今夜泊まっていかれませんか？　ワカタさんもいますから、夕飯もご一緒に」

「それは、ありがたい。よろしいですか、お言葉に甘えても」

「どうぞ、どうぞ。楽しみにしててくダッサイ」

「あっ、ダッサイ取られた。烏丸さんも、駄洒落を言うんですなあ」

桜井会長が、意外そうに微笑んだ。

「洒落って、酒っていう字が、つくじゃない。やっぱり、日本酒と切っても切れない縁なんだよね」

トオルが、ちょっとはしゃいでいる。

それを見て、タミ子が顔をしかめた。

「だから、あんたは馬鹿だっていうんだよ。酒落の酒は、サンズイに西。酉じゃないの。あんたそのものだよ、一本足りないってね」

「え〜っ、マジかよ。そういうことは、もっと早くに教えろよ。皆の前で、恥かいただろ」

「いつものことだろ、あんたの恥は。今さら、何言ってんだい」

ふくれっ面のトオルを見て、タミ子が楽しそうに笑った。

六

葉子は、仕事柄、あちこちの酒蔵を見学している。だが、その中でも、烏丸酒造は群を抜いて清潔だった。

屋敷に隣接した酒蔵の建物は、白い漆喰の壁に、黒い瓦葺きの屋根。見上げるほど屋根が高く、建物の幅も広い。

土蔵には、土作りの分厚い観音扉が、左右に開いて固定されている。その内側にある格子戸は、自動ドアだ。外気から、蔵の中を遮断している。

外は秋だが、蔵の中は真冬の気候だ。入った瞬間、ぶるりと身体が震える。寒造りという言葉があるように、気温が低いと、質の高い酒造りができるのだ。

中の白壁には、茶色い木の柱と梁が、格子状に埋め込まれて、コントラストが美しい。

入り口に大きく「土足厳禁」の文字。葉子たちは、蔵の中に入ってすぐに、室内履に履き替えた。そして、頭に使い捨ての防塵キャップを被って、白衣を羽織る。薄い布一枚着ただけでも、蔵の中の寒さが、多少ましになった。

昔ながらの木造建築だが、整理整頓が行き届いたうえ、埃一つ落ちてはいない。

「酒造りで一番大事なのは、何だと思いますか?」

蔵の中を歩きながら、秀造が振り返って、葉子たちに尋ねてきた。

「一に麹、二に酛《もと》、三に造りって言いますから、麹じゃないんですか?」

珍しそうに、キョロキョロと蔵の中を見回していたトオルが答える。

一に麹、云々というのは、大昔から酒造りで唱えられて来た常套句である。

「うちの蔵は、一に掃除、二に掃除だね。きれいな酒質は、清潔な蔵に宿るって言うし」

「確かに!」

四人は、大きくうなずいた。天狼星醸造元、烏丸酒造。この蔵の酒質は、どこまでもきれいだ。

「どこの酒蔵も似てるけど、うちの蔵もざっと六つの部屋に分かれます。米を洗う洗米場。洗った米を蒸す釜場。麹を作る麹室《こうじむろ》。酒母《しゅぼ》造りのための酒母室。仕込み蔵。それと酒を搾る槽場《ふなば》」

多田杜氏の落ちたタンクは、仕込み蔵に置きっぱなしだという。途中にある洗米場が、賑やかだった。大勢の蔵人が、立ち働いている。

秀造が、足を止めた。

「ちょうどいい、洗米をしてます。少しだけ、見ていきましょう」

洗米場は、小学校の教室ほどの広さ。天井は高く、天窓から外光が入る設計で、部屋は明るい。コンクリートの床は、厚く防水塗装され、じゃぶじゃぶと水が流されていた。
五、六人の蔵人が忙しく立ち働いている。全員、白い帽子に白作業着の上下。真っ白いゴム長靴を履いて、頭のテッペンから足の先まで白づくめだ。何人かが、一抱えほどもある銀色のカゴを持っている。中は真っ白い粒、酒米だ。十キロぐらいだろうか。
「うちの蔵は、今年の仕込みが始まったばかりです。これから来年の六月まで、長丁場になります」

「この酒米は、何？　どんな酒になるの？」

「山田錦の六十パーセント精米。純米酒用ですよ。ヨーコさん」

大粒の酒米も、外側四十パーセントを削ると、かなり小さく丸くなる。

「酒米を、まずはたっぷり冷水を使って洗います」

蔵人が、部屋の中央に輪になって並んだ。輪の内側には、水を張ったステンレスのタライが、各自一

**洗米作業**
米は10kg単位。金属の網カゴに入れ、たっぷりの水で丁寧に研ぎ、糠を落とす。

つずつ置いてある。そのタライの水に、銀のカゴごと酒米を漬けた。

そして、素手で酒米を研ぎ始める。

そっと触れるように優しく、しっかりと、汚れと糠を落としていく。米を研ぎ終えると、かけ声と共に一斉に、タライからカゴを引き上げた。そのカゴを、部屋の端に設置された水槽に浸す。

洗い終わった酒米を水中に浸し、水を吸わせるのだ。

タイムキーパー役の蔵人が、ストップウォッチを押す。吸水時間を、計るのだ。限定吸水と呼ばれる、秒単位で水に漬ける時間のコントロール。この水の吸わせ加減一つで、蒸し米の仕上がり具合が決まる。そして、ひいては麹造り、酒母造り、三段仕込みにまで、影響する。つまり酒の善し悪しのすべてが、決まってくるのだ。

数十秒後、タイムキーパーの合図で、米が水から引き上げられる。

カゴの下から、ザァーっと水が垂れ滴る。蔵人たちは、各々のカゴを木製の台に乗せた。米の水を切るためだ。

水に濡れて、キラキラと光る酒米は、小さな真珠のよう。一粒一粒が、光を乱反射して、眩く輝いている。そして、水が切れるに連れて、輝きはしっとりした美人の肌のように、白く滑らかな風情へと変わっていく。

洗米後、水を吸った酒米は、一晩おいておく。次の朝、甑《こしき》と呼ぶ蒸し器で蒸し上げられるのだ。洗米場のすぐ隣、釜場での作業。直径三メートルほどの大きな釜が、半ば床に埋まっていた。まわりに、

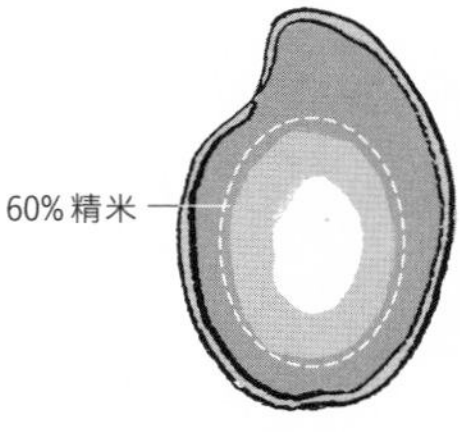


**精米歩合60%**
玄米の外側、重量40% 分を削って
小さくしたもの。

人影は無い。

「うちの蒸し米は、朝六時から一時間ほどです」

今日の分は、とっくの昔に蒸し終わっている。片付けも終わって、釜場は静まり返っていた。

通路を挟んだ反対側は、一風変わった部屋になっている。蔵の中に、大きな真四角の箱がおいてあるようだ。麹室である。分厚い白漆喰の壁に、囲まれていた。

正面の壁に作りつけたごつい木の扉が、ひどく目を惹く。がっしりとして、高さが低く、大きな閂《かんぬき》に似た取っ手がついていた。氷屋の冷凍室の扉のよう。

酒造りは、一に麹と言われる。麹作りの工程は、重要なのだ。麹室は、酒蔵の心臓部と言ってもいい。

「烏丸さん、玉麹もこの室で作るんですか?」

ずっと黙って聞いていた桜井会長が、初めて質問を口にした。さりげない質問に聞こえるが、目つきが鋭くなっている。内心の関心の高さを、隠し切れてなかった。

「玉麹ですか?」

秀造の表情が、硬くなる。小さく首を左右に振って、否定した。

「専用の麹室があるんですか?」

「はい。そこでないと、作れないもので」

短く、キッパリと答えた。それ以上の質問を、許さない口調。

玉麹は、有名なこの蔵のオリジナル技術だ。よその酒蔵では、真似ができない。獺祭でも作ってはいない。それだけに、桜井会長も気になるのだろう。だが、それ以上突っ込んでは、聞かなかった。おそらく答えも、なかったに違いない。

麹室の隣に酒母室があり、その奥が仕込み蔵だった。

通路の突き当りに、大きな木製の両開きの扉。高さ三メートルほどで、幅も同じくらい。二枚扉で、奥へと開く観音開きになっている。どことなく、格納庫のようにも見える。

秀造が、扉を押し開いた。

体育館のように、天井高く広いスペースに、大きなステンレスタンクが何本も並んでいる。

観音開きの扉は、内側に横木の閂《かんぬき》がついている。スライドさせて、戸締りできるようになっているのだ。古い扉に似合わない、真新しい横木。そこだけ、場違いに見えた。

仕込み蔵は、酒造りの本番場だ。酒母に、米麹と蒸し米と水を足して、量を増やすと、もろみになる。そして、そこからまた発酵させるのだ。

人の背丈の二倍ほどのステンレスタンクが、ズラリと並んでいた。すべて二重構造だ。外側に冷却水を流して、中のもろみを冷やせる仕掛けになっている。

タンクの首にあたる高さに、板張りの床が作ってあった。足場になっていて、まるで、中二階のよう。もろみに関する作業は、ここに上がって行う。タンクをのぞき込むようになっているのだ。蔵人の安全のために。

タンクの腹部に、手のひらほどの四角い箱が取り付けてある。箱の中には、チャート紙と極小の赤いペン。

「タンクの中のもろみ温度を、記録するレコーダーです」

もろみの発酵状態は、温度で見当がつく。発酵が旺盛だと、温度が上がり、低調だと下がる。いわば、もろみの具合をみる体温計なのだ。

仕込み蔵を奥へと進む秀造の行く手、仕込み蔵の片隅がどんよりと暗い。葉子には、陰が差し込んでるように見える。

暗い陰が下りた中に、不思議なタンクが一本置いてあった。他のタンクと、太さ高さは変わらない。だが、鈍く輝くステンレスに、幾重にもビニールが被せられている。その上から、太いゴムバンド。闇雲に縛るように、巻き付けられていた。

悪霊でも、封じ込めるかのようだ。外界から、隔絶されているタンク。

「これです。杜氏が、落ちたタンクは」

タンクの手前で立ち止まり、見上げながら秀造が言った。金属質な声だが、微かに湿り気を帯びている。

「！」

葉子が見上げると、秀造の痛々し気な表情が目に入った。目が、哀しい。

一同も何も言えずに、押し黙った。

「杜氏を引き上げた後、そのまま。何も、手をつけられない」

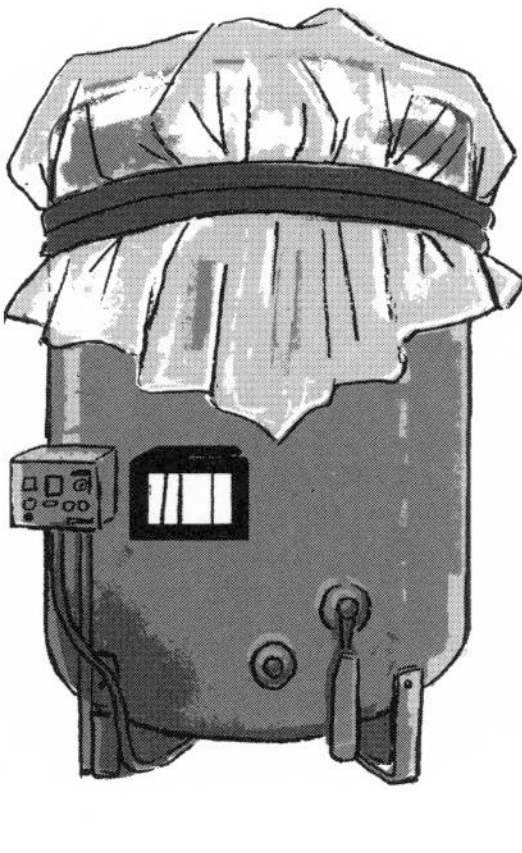

**杜氏の落ちた仕込みタンク**
高さ3m、直径2mほどの大きさ。仕込み蔵には、タンクが何本も並ぶ。

「……もろみは、入ったまま?」

葉子が恐る恐る聞くと、無言のうなずきが、返って来た。

杜氏が落ちて亡くなったもろみは、搾れるわけがない。宙ぶらりんなまま、秋まで来てしまったのだ。

「いいタンクだ。惜しいけど、もう使えないねえ」

タミ子の言葉には、不思議に何かを癒す響きがあった。物理的には使える物でも、心情的には無理だろう。

葉子は、タンクに近寄り、ビニールの上からそっと触ってみた。痺れるほど冷たい。さっと、手を引っ込める。

このタンクにも、レコーダーは取り付けてあった。見ると、記録紙上の線は、断ち切られたように途切れている。

「杜氏を引き上げた朝のまま、止まってます」

秀造は、葉子が見ているのに気づいたらしい。

記録を読むと、もろみ温度は、ピッタリ五度をキープしていた。杜氏の腕のおかげだろう。記録紙には、真紅の線が一本、ピンと水平一直線に引かれている。名人は、もろみ温度を意のままにコントロールできるのだ。

葉子は、赤いラインを見て、なぜか心電図を思い出した。

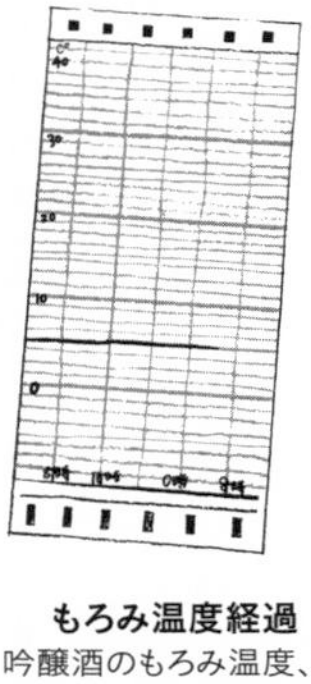

**もろみ温度経過**
吟醸酒のもろみ温度、後半は5℃くらい。温度一定なのは、名杜氏の実力。

脈が止まり、上下に振れなくなった心電図のライン。

ブルっと、身震いした。この春、このタンクに落ちて、ひと一人亡くなったのだ。

タミ子も同じ思いなのだろう、ジッと記録線を見つめている。瞬きもせず、視線は厳しい。

「秀造さん、ここに見えてるので、何日分なんだい？」

「まる一日分、ちょうど二十四時間になりますね。おかあさん」

「なるほど。前の日の朝から、当日の朝までってことだ。多少の波はあっても、もろみはずっと五度を保ってる」

タミ子は、独り言のようにつぶやいた。特に返事を求めている様子でもない。眉間に皺を寄せ、何か考え込んでいる。

沈黙するタンクを前に、他に口を開く者はいない。酒蔵のホールのような空間に、静寂が満ちていた。針を落とした音でさえ、聞こえそうだ。

その結晶のような静けさを、バタバタとした足音が破る。それに続いて、秀造を呼ぶ声が蔵の中に響いた。若い蔵人が一人、蔵に駆け入って来る。

三十代前半くらいだろうか。痩身で背が高い丸坊主。キビキビとした動作が、感じいい。

蔵人の顔を見て、秀造が肩の力を抜き、微笑んだ。

「ああ、さっきお話しした副杜氏の大野真です」

大野副杜氏が、葉子たちにカッチリと頭を下げて挨拶する。その後すぐに、秀造に向き直った。

「社長、お客さんが見えました。オーガペックです」

その言葉を聞いた瞬間、秀造の顔が強ばった。目を見開き、大きく首を、左右に振る。

「えっ、オーガペックが⁈　何で？　まだ早すぎるよ。どうして、こんな早く来るかな？」

秀造は、腕時計を確認し、天を仰いだ。

「兵法の教え、敵の不意を討つってやつじゃないですか。リーダーの外国人、孫子好きでしたから」

秀造は、大野副杜氏の言葉にうなずいた。苦虫を、噛み潰したような顔をしている。

「うーん。確かに、やりかねないな。あの連中なら」

ふぅーっと、大きくため息をつく。そして葉子たちに向かって、深々と頭を下げた。

「すみません。予定より早く、お客さんが来ちゃいました。相手をしないと」

秀造が忙しいと言うなら、いいも悪いもない。

ただ、葉子はオーガペックという団体に、聞き覚えがあった。確か、いろいろ悪名がついて回ってるはず。烏丸酒造には、ちょっと似合わない気がした。

皆が、急いで仕込み蔵を後にしようと、動き出す中。一人、タンクを見つめていたタミ子が、大声でそれを遮った。

「ちょっと待った！」

歩き出していた秀造が、足を止め、首だけ振り返った。

「！」

困惑しているが、視線は険しい。苛立ちを、隠そうともしなかった。

だが、タミ子も負けてはいない。有無を言わさぬ勢いで、質問を投げかけて来た。

「秀造さん、もう一つだけ、教えておくれ。大事なことだ。多田杜氏がタンクに落ちたのは、何時だって？　正確なところが知りたい」

その剣幕に、秀造も渋々黙り込んだ。人差し指をこめかみにあて、ちょっと考え込む。少しして、唇を舐めてから、一言一言区切るように言葉を発した。

「確か、死亡推定時刻が、前の晩の八時から九時です。落ちたのも、そのころでしょう」

タミ子が、深く静かにうなずいた。何かの推論が、当たっていたらしい。

「だとすると、杜氏は事故で亡くなったんじゃないね」

「事故じゃない？　どういう意味ですか？」

怪訝そうに眉をひそめる秀造の顔を見つめ、タミ子は一呼吸置いた。きらりと目を光らせると、厳かな口調で言葉を継ぐ。

「殺されたんだよ」

「なんですって？」

「多田杜氏は、タンクに落ちたんじゃない。殺されたんだ」

鬼気迫る目をし、タミ子は言葉を繰り返した。何故か、揺ら揺らしている。そして、皆が聞き入っているのを確認して、静かに付け加えた。

「死んでから、タンクに放り込まれたのさ」

「?!」

呆気にとられ、皆が黙りこんだ。それを前に、タミ子は一人、ゆっくりとうなずき続けている。

「おい、おっかあ、大丈夫かよ。いきなり、ワケわかんないこと言い出して。皆さん、迷惑してんだろ」

トオルを無視し、タミ子は大きな声で言い放った。

「証拠が、ある」

「えっ?」

タミ子は、もろみ温度の記録紙を指し示した。

「いいかい。ここには、タンクの中のもろみの温度が記録してある。最後の一日分だよ。多田杜氏が見つかった朝、止まったままだ。つまり、前の日の朝から、遺体が引き上げられるまで」

タミ子は、記録紙に引かれた赤い線を、指でなぞった。緩やかな多少の揺れはあるものの、ほぼ真っ直ぐ水平だ。

「この通り、大きな温度の変化はない。杜氏が亡くなったのは、前夜の八時過ぎ」

タミ子が、記録紙の升目を数え、やがて一か所を指差した。

「このころだね。この時間の前後、ほとんどもろみの温度変化はない。ずっと五度のままだ」

葉子にも、タミ子が言わんとすることが、ようやく飲み込めた。

「ひと一人落ちたら。もろみの温度が、上がらないはずがないですね」

「その通りだよ。ヨーコさん。いくらもろみタンクが大きくても、生きたまま人が落ちたら、体温でもろみ温度が上がるだろ」

「なんてこった」

秀造が、うめいた。

「つまり、多田杜氏は、冷たくなってからタンクの中に？」

「そう、杜氏は殺されて、冷たい死体になってから、タンクに投げ込まれたのさ」

タミ子が、目を凄《すご》ませてうなずく。

葉子は、冷たい手で背筋を撫でられた気がして、ぶるりと身を震わせた。

七

烏丸酒造の敷地は広く、事務所の建屋の奥行は、長かった。捜査本部に当てがった応接室の奥にも、まだ部屋が続く。

玲子と高橋警部補は、捜査会議の後、烏丸酒造の中を見て歩いていた。

すると中に、扉を開き、誰かを待っている部屋があった。扉はガラス張りで、窓も大きく、陽当たりがいい。六畳ほどの大きさの部屋は、窓際と壁際に木製のカウンターが設えてあった。

ガラスの扉には、『税務調査室』と記されている。

カウンターの上には、分厚いパイプ式ファイルが、整然と並んでいた。百冊以上あるだろうか、かなりの数だ。

きちんと揃えて並べてあった。誰かに見せるために準備されたのは、一目瞭然。だが、税務調査用の書類には見えなかった。

椅子の角度も、測ったように揃えてある。埃一つ無い。整然とした部屋は、これから鳴るゴングを待っているかのようだった。

あたふたと、秀造が走り込んで来る。玲子に気づき、目を丸くした。ぽかんとした口を閉じると、慌てて早口の言葉を吐いた。

「今、勝木課長に話して来ました。詳しいことは、あの人から聞いてください」

何のことかわからなかったが、それ以上の説明はない。慌てふためく秀造は、テーブルのファイルを確認し始めた。かなり真剣な眼差しだ。

「何があるって?」

「これから、オーガペックの監査があるんです」

秀造は、忙しくファイルをいじり続け、振り向きもしない。

「何の監査だと?」

「田んぼのオーガニック認証」

「ああ、さっきの毒をまかれた田んぼか」

「違う、違う。あの田んぼは、全然ダメ。認証どころじゃありません」

脇目もふらずに、ファイルを一冊ずつ、丹念に確認している。

「オーガニックだと、言ってなかったか?」

「今回、監査してもらうつもりで準備してたけど、ダメになっちゃって。監査してもらうのは、全然別の田んぼ」

秀造が、一瞬ファイルを確認する手を止め、玲子に向き直った。

「うちの田んぼには、既に有機認証を取ってる田んぼと、これから取得するのがあって。既に取得した方の継続審査なんです」

秀造は、テーブル上のファイルを全部確認し終えると、飛ぶように部屋から出て行った。

その後に続いて、玲子が外に出ると、蔵の前の車が数台増えている。

車で乗り付けたらしい、総勢十人ほどのグループ。いらいらしながら、立って待っている。噂の監査官たちだろう。指示を出しているリーダーは、痩身で小柄。真っ青な瞳に、ブロンドの髪。彼を含めた外国人が、中心メンバーのようだ。

富井田課長の姿も、チラッと見えた。どうやら、一緒に来たらしい。

秀造が、リーダーらしい若い男に歩み寄り、素っ気なく握手を交わした。金髪の男は、苦虫を噛み潰したような表情だ。

「烏丸サン、既ニ我々ガ到着シテカラ十分、時間ヲ無駄ニ費ヤシテマス。監査デ減点サレテモ仕方ナイトコロデスヨ」

リーダーは、外見と裏腹に、東京弁を流暢に操った。

「スティーブン、申し訳ない。だけどこれ以上は、時間を無駄にはさせない。準備はできてるから、監査にかかって下さい」

スティーブンと呼ばれた男は、短くうなずいたが、すぐには動き出さなかった。

「今年カラ、有機農法ヲ始メタ田ンボハ、残念ナコトヲシマシタネ」

「仕方がない。また来年、一からやり直すよ」

次は、秀造がいらいらする番のようだ。

「本当ニ、今年ハ田ンボヲ見ナクテモ良イデスカ？　人員ハ、揃エテ連レテ来テマスガ？」

「監査しても無理なのがわかってることに、時間を割いてもらうわけにはいかないから。今年は、継続監査だけで、結構！」

秀造のキッパリとした言葉に、スティーブンが、再びうなずく。今度は、サっと動き出した。

「早速、取リ掛カラセテモラウヨ！」

彼が先導し、メンバーたちが、一糸乱れず事務建屋の奥へと向かう。何度も来ているのだろう、手慣れた雰囲気だ。

見ているうちに、先ほどの税務調査室に入って行った。予め担当が決まっていたのか、各自が迷いもなくファイルを開き、内容をチェックし始める。

スティーブンの動きは、特に目立つ。キビキビと動き回って、あれこれ指示を出していく。担当者たちの問いにも的確に応えながら、指示を出し続けているのは、見ていて気持ちが良かった。

玲子が、表の広場に出ると、葉子たち三人と、富井田課長の話が盛り上がっていた。

オーガペック（有機農産物及び有機加工食品の日本農林規格登録認証機関）の悪口らしい。

「トミータさん。なんで、秀造さんは、オーガペックなんかに頼んでるんでしょう？　有機認証の団体なんて、星の数ほどあるのに。一番、評判悪いですよね」

葉子が、オーガペックのいる部屋を睨んでいる。

「その通り！　頼むに事欠いて、オーガペックとは！　まったくもって、最低ですよ。僕は、ずいぶん前から、あそこだけはやめた方がいいって、言ってるんです」

富井田課長が、唾を飛ばし、大きくうなずいた。

「あそこはですね。ものすごく悪評高いんです。普通、年一回しか来なくていい検定員が、何回も押し掛けて来る。それも、全く必要ない時期に。しかも、必要以上の大人数です」

「交通費と宿泊費は、申請者持ちだって聞きました」

「ヨーコさんの言う通り。その上、認証料は、相場の十倍以上。おまけに、申請した田んぼだけでなく、関係のない周囲の田んぼにまで、勝手に立ち入り、見て回る。近隣の農家とは、必ず悶着を起こしてます」

富井田課長は、相当オーガペックに痛い目に遭わされたらしい。明らかに、敵視している。

気づくと、事務所から出てきた秀造も、背後で黙って話を聞いていた。富井田課長の話が一段落すると、苦笑いしてうなずく。

「まあ、確かにそうなんだけど。最初にオーガニック認証取ろうと思ったとき、右も左もわからず、五里霧中だった。誰に相談したらいいかもわからなくて。そのときに、指導してくれたのがスティーブンだったんです」

認証の前に、有機栽培のやり方の指導を仰いだ。そして数年かけ、最初の田んぼの認証を取得。徐々に認証田を、増やして来たのだと言う。

「確かに今となっては、新しい田んぼの認証は他所の機関でもいいんだけど、今までの付き合いもあるし、つい、オーガペックに頼んじゃうんです」

富井田課長が、大きく首を左右に振る。

「烏丸さん、今からでも遅くはありません。既に取得したところはともかく。新しく認定取る田んぼは、よそに頼みましょう。県の認定機関とか、もっといいところはいくらでもあります。僕が、紹介しますから」

「ありがとうございます。来年は、そうしようかな」

秀造が、苦笑いしながらも、渋々うなずいた。

富井田課長が、約束ですよと、念を押している。

話の輪に加わっていた葉子が、玲子に気づいた。にこにこと話しかけてくる。

「ご存じですか？　オーガニックって、語源は楽器のオルガンと一緒なんです」

「オルガンだと？」

有機栽培については、さっきも疑問に思ったところだ。

「と、言ってもパイプオルガンですけど。あのパイプが、動物の器官に似てるから。オルガンって、器官って意味なんです」

「確かに、あのパイプは、動物の内臓に似てなくもないな」

「有機物は、大昔、生物の器官でしか作れないと思われてました。いまだにその名残が、残ってるんですね」

「そうか、有機とは、昔ながらの生物が作り出す肥料のことなんだな」

菓子の説明は、目から鱗だった。

有機栽培の謎が解けると、今度は富井田課長が、自然栽培について語り出した。農水省の官僚だけあって、この話が得意らしい。

「自然農法って昔の言い方で、今は法律的にその言葉は使っちゃいけないことになってます。もちろん農薬と化学肥料は、不使用。それに加えて、田んぼの中や用水の水路など、栽培に関係するところすべてに、樹脂などケミカルな素材を使わないのが、オーガニック農法なんです」

自分勝手にやってる分には、例え農薬や化学肥料を使わなくても、有機栽培とは名乗れない。ルールに則った上、お墨付きをもらう。それで初めて、オーガニックと名乗ることができるらしい。

「ずいぶん面倒くさいんですね。そんなことしなくても、いい物は売れるんじゃないですか？」

高橋警部補が、横から口を出した。玲子も、聞きたかったところだ。

「オーガニック農法は、世界的には当たり前になりつつあるんです。輸出の際にも、オーガニックと慣行栽培では、扱いがずいぶん違います」

「観光栽培？」

「違います、慣行栽培です。農薬や化学肥料を使う一般的な農法。それだと、一段低い物に扱われてしまう。だから、有機認証取るところが増えている。でも、有機認証を取得するには、農薬と化学肥料を止めてから、三年以上かかります」

土壌に残留した農薬や化学肥料は、自然の中で分解されたり、雨水に流され、徐々に濃度が低くなる。だが、有機栽培と認められるレベルまで下がるのに、最低三年はかかるらしい。

それだけではない。近隣の田畑からの化学物質の飛散もある。そこで、隣田との距離や隣の栽培物の種類、栽培方法もチェックされるという。

「毒をまかれた田んぼは、一年目でした。今年が最初の査察で、順調にいけば三年後に、有機認証を取得できる予定だったんですが」

秀造が、悔しそうに唇を噛んだ。

樹脂板で田んぼに囲いを立てるだけでも、認証は取れない。化学物質溶出の恐れがあるからだ。毒をまかれたら、論外である。

春から、半年間に渡ってつけてきた、栽培日報。使用した有機の肥料や資材の品質証明書。それらが、すべて無駄になってしまった。

「有機認証を取ってる田んぼの継続審査は、どのくらいかかるのですか?」

高橋警部補が、税務調査室を指さした。

「まず書類審査を行って、その後現地調査になります。たぶん、明日の午後くらいまででしょう」

「明日も田んぼで、絶対一悶着起こしますよ。あいつら。そういう奴らなんです」

富井田課長が、自信満々、憎々しげに断言した。

八

「あっ、ダメダメ。納豆は、使っちゃダメだす」

葉子が、業務用の冷蔵庫から納豆を出したとき、覚えのない大声に叱責された。驚いて振り向くと、キッチンの入り口に、ぽっちゃりした女性が立っている。

身長は、小柄な葉子より、さらに少し低い。年齢は、一回りくらい上だろうか。おかっぱ頭で、ブラウスの上に、カーディガンを羽織っている。背筋を真っ直ぐ伸ばし、四角い皮の鞄を提げていた。太ぶちメガネの奥に、パッチリとつぶらな瞳が輝いていた。どことなく、小動物っぽい。

ちょうど、葉子とタミ子、二人で賄いを作っているところだった。昼飯時が迫ってきたので、遠慮する秀造を押し切ったのだ。プロの中のプロ、タミ子はもちろん、料理記者歴の長い葉子も、料理には自信がある。

蔵の広い調理室も、清潔そのものだった。料理教室のキッチンスタジオのよう。大きなステンレス製の作業台が中心で、冷蔵庫が兼用になっている。その左右の端には、大型のシンク。作業台に向かい合った壁際に、大火力のコンロ。ステンレス張りの壁には、すぐ手に取れるように、マグネットで包丁など調理道具が固定してあった。実用的な器具ばかりが、使いやすく区分けされて、きれいに並んでいた。この部屋の主の性格をよく表している。

「納豆菌は、すんごく強いっすから。酒造りの大敵なんだす。賄い飯作るなら、使っちゃならねえんだすよ」

確かに納豆菌ほど、元気な菌はいない。酒造りに紛れ込むと、麹菌や酵母が負けてしまう。確実に風味が落ちるため、酒蔵では、冬場の納豆は禁物なのだ。

どこの酒蔵でも、酒蔵見学者が納豆を食べて来ると、断っている。

「でも、酒造りに入らない事務員さんの分なら、大丈夫でしょ?」

鳩が豆鉄砲を食らったような顔をした後、メガネの女性は大ぐちを開けて笑い出した。

「なんと、賄いを作り分けてるのだすか。さすがだすな！　つい、いつもの癖が出でしまって」

明るい笑い声につられ、葉子も笑い出した。タミ子も、爆笑している。

「お蔵の賄いの方ですね。日本酒と食のジャーナリストをしてる山田葉子と申します。こちらは、矢沢タミ子さん。居酒屋を切り盛りされてます」

「毎冬、賄いづくりに来てる佐藤まりえだす」

握手した手は、厚くて柔らかい。しっかり力が、こもっていた。

「あんた、いい手してるね。料理上手だろう?」

タミ子も、葉子と同じことを思ったらしい。

「とんでもねっすよ、タミ子さん。年季が入ってるだけだす。何、作ってるんだすか?　おらも手伝うっすよ」

「そりゃ、ありがたいね。でも、今、来たばかりだろ。休んでなくて大丈夫かい?」

「なんも、なんも。ずっと電車乗って来たっすから、身体動かしたくて、しょうがねえっすよ」

まりえは、二十年以上も、冬の烏丸酒蔵で賄い仕事を続けて来たという。杜氏や蔵人と一緒に泊まり込み、一冬を酒蔵で過ごす。酒造りする者たちの胃袋を預かってきたのだ。

江戸時代に寒造り、つまり冬場だけの酒造りが、伊丹で始まった。そして必然的に、冬場雪に閉ざされる北国の出稼ぎと結びつく。杜氏集団の誕生だ。酒造りに特化した、高度技術集団である。

杜氏を筆頭として、麹作り担当の麹屋、酒母を造る酛屋《もとや》、槽を担当し酒を搾《しぼ》る船頭、米を蒸す釜屋など、それぞれの専門技術を磨いた者たちが集った。当時、地域食は今と比較にならないほど、多種多様。地元の味付けでないと、力が出ない。賄い婦も、重要な役割を背負い、杜氏集団の一役を買っていたのだ。

まりえは、手作業が速いだけでなく、よく気も回る。一緒に調理を始めて、すぐにそれがわかった。

ドンドン加速度的に、調理が進む。三人は、あっという間に意気投合した。

酒粕の味噌汁に、菜っ葉のお浸し、里芋と蛸の煮物などが、瞬く間にでき上がっていく。

「そういえば」

まりえが、料理の手を止めずに、首を傾げた。

「なんか、蔵が騒がしいだすな。見知らぬ人もたくさんいるし、何かあったんだすか?」

葉子が簡潔に説明すると、まりえはため息をついた。

「そうだすかぁ。おら要件さ話したら、さっさとお暇《いとま》するつもりだったすけど、そうもいがなくなっちまったすなぁ」

最後に、納豆を用意して、昼食の準備はでき上がった。

蔵人たちに昼食を運び終わった後、トオルも呼んだ。四人で、隅のテーブルを囲む。

食べ始めてすぐ、入り口に坊主頭がのぞいた。副杜氏の大野が、手に賄い飯の盆を持っている。もちろん、納豆無しのバージョンだ。

「まりえさん、いらしてたんですね。一声、かけて下さいよ。水臭いなあ。僕も、ここで食べていいですか？」

「ありゃあ、真さんでねえすか。もちろんいいっすよ」

葉子が席を作り、大野副杜氏も輪に加わった。

ひとしきり、タミ子やまりえの料理の腕前と、賄い飯の話で盛り上がる。話が一段落すると、大野副杜氏が恐る恐る、切り出してきた。

「まりえさん、今年の冬の酒造りには、来ないって本当ですか？」

「誰が、そんなことを言ってるんだすか？」

「誰ともなく、そんな噂が」

どうやら、大野副杜氏はそれを確認しに来たらしい。気になって、仕方ないようだ。

まりえが、頭を掻きながらうなずいた。

「実は、そうなんだす」

「えっーそれ、マジっすか？　俺、まりえさんの賄い大好きだったのに。大ショック。すっごい残念。やっぱり、おやっさんがいないからっすか？」

意外にも、まりえはちょっと恥ずかしそうに、小さくうなずいた。

「しょっしい。けど、康一さんがいねえんでは。ここに来る理由もないっすから」

「みんな、待ってるんですけどねえ」

「康一さんって？　亡くなった杜氏さんですね？　ひょっとして、まりえさんのいい人だったんですか？」

驚いて、葉子は思わず、大声を上げた。

「んだんだ。こっちでは、一緒に暮らしてたんだす。あいやー、こっぱずがしいっすなあ。がはは」

「ひょえーっ、それは意外な展開だ！」

「康一さんは、それはそれは優しい方でしてなあ。葉子さんも美人さんだすから、あの人が、ここにいたら、きっとタダではおいとかなかったに、違げえねぇっすよ」

「まりえさん、何言ってるんすか。おやっさん、自分たちには、とことん厳しかったですよ。二言目には、すぐ出てけって」

大野副杜氏は、葉子たちに向き直ると、訴えるように言い募った。

「あるときなんか、掃除し終わったばかりの部屋を、掃除しとけって言うから。もう済ませてますと口答えしただけで、俺の言うことば聞けねえなら、出てけって怒られて。酒造りの腕は、いいけど。それはもう頑固で、怒ってばかりだったんですよ」

「不思議だすなあ。康一さん、おらにはとことん優しかったんだすよ。ずいぶんよくすてもらいましたぁ。毎冬、ここで一緒に働かせてもらうのが楽しみだったんすなあ」

「岩手では、一緒に暮らしてなかったのかい？」

食後の茶を啜《すす》りながら、タミ子が尋ねる。

まりえは、寂しげに微笑むと、うなずいた。

「互いの家が、あったすから。田舎は、人目が厳しくて。だから、冬。ここに来るのが、それは楽しみだったんだす。岩手では、田んぼ仕事の合間に、立ち話するくらいだっただす」

「おやっさん、農業も腕利きで。今朝方、毒をまかれた田んぼ。去年の春から、おやっさんが面倒見てたんです。土作りから、手がけてました。去年の夏なんて、自腹で岩手から見に来てましたよね」

「だすだす。あんときは、おらも一緒に連れて来てもらいましたっけ」

ふっと明かりが消えるように、まりえと大野副杜氏は黙りこみ、どこか遠くを見る目になった。沈黙が重く続いたが、二人とも口を開かない。

しびれを切らした葉子が、口を開こうと居住まいを正したとき、まりえがしぼり出すように声を出した。

「実は、おらの旦那さんも、タンクに落っこちて死んだんだす」

「ええっ?!　旦那さんっ?」

まりえが、こっくりとうなずいた。

「もう、二十年くらい前のことだす。秋田から嫁に入った、新婚早々の冬。酒造りに出て、落っこっちまったんだす。んだから、ほとんど、一緒に暮らすことはなかったんだすよ」

葉子たちは、手を動かすのをやめ、黙ってまりえの話に耳をそばだてた。

「康一さんが、それは責任感じてくれて。おらにそれはそれは、親切にして下さったんだす。こちらの賄い仕事も、康一さんが紹介してくれたんだす」

「それで、杜氏とそういう仲に?」

「いんや、葉子さん。そんときはまんだ。そんただことには、なってなくて。康一さんの奥さんが、ご病気で亡くなってから。おらが、康一さんの身の回りのお世話をさせてもらってからなんだす。どちらからともなく、そういう関係になっちまったんだすよ」

まりえが、照れ隠しに大笑いし、葉子たちもつられて笑い出した。

「そんただこともあって。あん人は、もろみタンクに近づくときだけは、人一倍慎重というか、臆病だったんだすよ。だから、康一さんが落っこったなんて、今でも信じられねっす。なっ、そう思わないっすか、真さん?」

大野副杜氏が、ハッとして顔を上げる。何か言いかけて、その言葉を飲み込んだ。困ったように、視線をタミ子に向ける。

タミ子は、うなずいて見せると、代わって語りかけた。

「ああ、そうだね。わかるよまりえさん。あんたの言う通りだ」

怪訝《けげん》そうな顔に向かって、タミ子は言葉を継いだ。

「事故なんかじゃないんだ」

「?」

「さっき、警察にも話したんだけど」

タミ子が、正面からまりえの目を、じぃっとのぞき込んだ。

「多田杜氏はね、殺されたんだよ。死んでから、タンクに放りこまれたんだ」

その真剣な眼差しに、まりえは真実を悟ったらしい。

「うっ、嘘……」

言葉とは裏腹に、まりえの瞳から、大粒の涙がポロポロこぼれ落ちた。

# コラム① 山田錦豆知識

最高の酒米と称される山田錦。特徴は大粒でタンパク質が少なく、糖化しやすいデンプンを持つこと。質の良い米麹を作りやすく、シャープかつ、ふくよかな味の酒に仕上がるとされる。大正末期に兵庫県立農事試験場で、栽培しやすい酒米の新品種を目指して、開発がスタートした。

親品種には、酒造りに定評のあった山田穂を母に、短稈渡船を父に、人工交配された。いわば酒米のエリート。開発から十三年かけて育成され、山田錦の名でデビューした。醸造適性が高く、日本一栽培される酒米に。

**山田錦年表**

１９２３（大正12）年　人工交配
１９３６（昭和11）年　「山田錦」と命名。兵庫県の栽培奨励品種に採用され、一般栽培を開始。
２００１（平成13）年　作付面積日本一に。

酒の造り手に人気が高い一方、晩成で倒れやすく、病気にも弱いため、栽培者泣かせの面も。現在、生産量の約六割を兵庫県で栽培。特に品質の良い山田錦がとれる特Ａ地区の米は、高値で取り引きされ入手困難で、醸造家の垂涎の的。

**生産量の県別ベスト10と地域ブランド**

① 兵庫県　特Ａ山田錦（JAみのり）
② 岡山県　備前山田錦
③ 山口県
④ 福岡県　糸島産山田錦（JA糸島）
⑤ 広島県　ひろしま山田錦（JA広島中央）
⑥ 滋賀県　滋賀山田錦
⑦ 徳島県　阿波山田錦（JA阿波町）
⑧ 栃木県　ドメーヌさくら
⑨ 新潟県
⑩ 富山県　南砺産山田錦（JAなんと）

⑪ 静岡県　焼津産山田錦（JA大井川）
⑭ 三重県　伊賀山田錦（JAいがふるさと）
⑳ 神奈川県　海老名産山田錦

2019年産米（農林水産省）

**交配系付図**

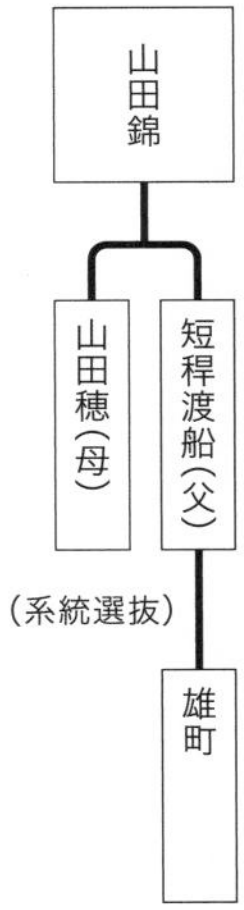

# 第二章　――一日一合純米酒――

## 九

脅迫犯からの二通目、要求状は郵送で届いた。

烏丸酒造への郵便は、午前と午後の二回届く。

午後の配達は、二時過ぎ。土曜日の午後もいつもと同じ時間。業務通信や私信の中に、差し出し人のない白い封書が、混じっていた。宛先は、烏丸秀造。

タミ子の指摘で、多田杜氏の死が他殺なのが明らかになった。その捜査が、再開された矢先のこと。

岩堂鑑識官が、手袋をして郵便物を仕分け、その封筒を選り出した。封筒の指紋を確認し、首を左右に振る。

「消印は、神戸市内。投函されたのは、昨日です」

百五十万人都市だ。つまり、手がかりにはならない。

玲子がうなずくと、岩堂鑑識官は封筒を透かして見てから、ハサミで封を切った。中から手紙を取り出し、両面を透かすように眺める。ついで薬物を使って指紋を確認したが、再び首を左右に振った。

手袋をした秀造が、岩堂鑑識官から手紙を受け取って開く。

文面を見た瞬間、眉が上がり、口をぽかんと開けた。そして小首を傾げると、訝し気な顔で玲子に差し出してきた。

「要求状なのは、間違いないようですが……」

玲子も手袋着用で、手紙を手に取った。目を通すと、短い文面。それは、かなり意外な要求だった。

「五百万円で、月曜の兵庫新聞朝刊に、全面広告を確保しろ」

玲子は目を疑い、もう一度読み返したが、内容は変わらない。書いてあるのは、それだけだった。

「何を言ってるんだ？　こいつは」

思わず呟いて、放るように勝木課長に手渡す。

一目見るなり、勝木課長もうめき声を出した。

「ゲッ。身代金で、新聞広告を出せやと？」

「広告？」

その場の全員が、争うように要求状をのぞき込んだ。

高橋警部補が、スマートフォンで何やら調べると、口を開いた。

「兵庫新聞の朝刊の全面広告は、五百万円出せば掲載できますな」

「ピッタリか」

「犯人、そんなんでええんかいな？　準備させた身代金、全部無くなってまうで。それに、今からで、明後日の朝刊。間に合うのかいな？」

「兵庫新聞なら、まだ間に合いますな」

高橋警部補は、いつでも沈着冷静、博覧強記だ。

「どうしましょう？」

秀造が、困惑したように、誰にともなく尋ねた。

「ホンマ、弱りましたなぁ。身代金なら、犯人捕まえれば戻ってきます。受け渡し時でも、後日でも。それが、新聞社に払うとなると、五百万円戻ってくることは、ありえませんからなあ」

勝木課長は、頭を抱えている。

「だいたい、なんで広告出せなんて?」

「そう言えば、以前。獺祭が新聞広告出したことがありましたな」

高橋警部補が、また博識の片鱗を披露した。

「ええ、ネットで不正流通した物。不当に高い商品は、買うなって広告でしたね」

さすが秀造は、業界情報に詳しい。よく覚えている。

「その辺に、ちょうど会長がいましたから、話を聞いてみませんか?」

高橋警部補の提案に、誰も異論は無い。獺祭の会長を、呼びに行かせた。

桜井会長が部屋に入って来ると、タミ子とトオルも一緒だった。

「もう一人は?」

玲子には、いつもの三人組じゃないのが、少し意外だった。

「ヨーコさんなら、連載の原稿の校正を送るんだって。近くのコンビニに行ったよ。すぐ帰って来ると思うけど、待ってるかい?」

「いや。いなくていい」

勝木課長が、桜井会長に問いかけた。

「来てもろうたんは、酒蔵が全面広告出すときのこと。どんな感じか、教えてもらおう思うたんです？」

「普通は、新製品を出したときとかですけど」

桜井会長は、当惑気味。

「以前、御社では変わった新聞広告を出されたとか？」

「ああ、あのことですか」

訝し気だった表情が、スッと晴れた。

「私たちの造ってる酒が、プレミアム価格で売られてたんですよ。ネット通販やスーパー、ディスカウントストアで。希望小売価格の三倍以上もしてました」

「高く売れるのは、いいことだろう？」

桜井会長はキッと、鋭い目線。厳かな口調で、玲子をたしなめるように言った。

「葛城警視、それは違います。そんな売り方をしてる業者は、日本酒の管理が悪いですから、味が落ちる。そういう酒を飲んだお客さまに、獺祭はおいしくないと言われたこともあります」

桜井会長は、流通の説明を始めた。

獺祭は、酒蔵から小売店へ、クール便で届く。店では、必ず冷蔵庫の中に並ぶ。それを消費者が、買って帰って飲むので、開けたてはフレッシュだ。だが、プレミアム価格で売る店は違う。小売り店で消費者のふりをして買い集め、それを常温で店頭に並べる。時間も経っているので、味が落ちてしまう。

「私どもは毎日、努力してます。どうにかして、もっとおいしい酒を造ってやろうと。それが、流通の過程で台無しにされるのは、我慢なりません。それで、新聞広告を出させてもらいました」

全国紙に全面広告を出した。そこに、獺祭の定価とプレミアム価格、正規販売店の一覧を掲載したのだ。不当に高い価格で買ってくれるなという、告知である。

「売り上げが、落ちたと伺いました。大丈夫だったんですか？」

「警部補のおっしゃる通り、一時的には下がりました。営業には、会長のせいだとずいぶん怒られましたよ」

桜井会長は、頭を掻いてみせた。だが、その仕草とは逆に、表情は明るい。

「でも、その後すぐに持ち直してます。すぐに、広告以前の水準を、上回りました」

タミ子が、桜井会長を見上げ、笑顔でうなずいた。

「ちょっと日本酒に詳しい者ならね、皆わかってるのさ。冷蔵庫に入れてない純米大吟醸は変だって。だから、あの広告を見たときには、思わず手を打って、拍手ダッサイしたよ」

タミ子が、可笑しそうに笑い出し、続いてトオルも大笑いした。

「ええ話やけど、今回の事件では、参考にはなりまへんなぁ」

「勝木課長、何があったんですか？」

「要求状が届いたんですよ。身代金で、新聞広告を出すようにと」

桜井会長の問いに、勝木課長が状況をかいつまんで、説明した。

その場の全員、狐につままれたような気分である。

「さっき、言ってた通りだな。確かに一筋縄でいく相手ではない」

玲子の言葉に、タミ子は首を左右に振った。じっと考え込んでいる。どことなく、悔しそうだ。

「まさか広告とはねえ……」

首をひねるタミ子をよそに、トオルが手を打って、大声で言った。

「やっぱ、怨恨でしょ！」

「怨恨？」

「そう。烏丸さんに痛い目に遭わされたヤツがさ、逆恨みしてんだよ。謝罪広告を、出させるつもりなんじゃない。それなら筋が通る」

「謝罪広告って、何を？」

「何か、ここの酒のイメージが悪くなるようなこと。原料米に、使っちゃいけない汚染米を使ってたとか。前に、九州の酒蔵でもあったよね。それか使用禁止の添加剤、黙って入れてたとか。天狼星のイメージを、落としたいんだよ」

「ええこと言うわ。きっと、それやろ」

勝木課長も手を打って、大きくうなずいた。

「そうするとですな、烏丸社長。こちらの酒蔵を恨んでいる者、心当たりはどないですか？」

秀造は、一瞬戸惑った。その後すぐに、ムッとした表情になる。どうやら、心外らしい。

「うちの蔵は、それは真っ当な蔵ですから。他人から恨みを買うことなど、全くありません」

「ほな、烏丸さん個人としては、どないです？」

「なおのこと、他人に恨みを買うようなことは、何一つありません」

「そうでっか」

「こちらは、大したことないと思ってても、相手が根に持ってることは意外とあります。烏丸さん、よく考えてみてくれませんか？」

高橋警部補が、じんわりと促すと、秀造は考え込んだ。やがて、ぽつり、ぽつりと話し出す。

「強いて言うなら。蔵に戻って来てすぐ、大リストラやったんで。あのとき、首を切った社員の中に、恨みを持ってる者はいるかも」

「なるほど、逆恨みですね」

「あと、二十年ほど前。近所にあった酒蔵が、銀行の貸し剥がしにあって潰れたんです。そのとき、近くに酒蔵は二軒もいらんと言われたみたいで。蔵元が、ショックで亡くなったとき、うちのことを大層恨んでいたと、後で聞きました」

「遺族の方が、いらっしゃるかも知れませんな」

「うちの酒は人気なので、新規の酒屋の取引きは、すべて断ってるんです。ところが、そこをなんとかと、押しかけて来た酒屋がありました。あまりにしつこいので、力づくでお帰りいただいたんです。そのとき、もみ合った拍子に歯が折れて、怒って捨て台詞吐いてた酒屋もいたような」

「けっこう、いろんな恨みを買ってるみたいじゃありませんか？」

「人って、生きてるだけで、鍔迫《つばぜ》り合いに巻き込まれちゃうんだよね」

秀造は、ふっとため息をつき、肩をすくめた。

ちょうどそのとき、捜査本部の応接室に、社員が入って来た。秀造を呼んでいる。新規取引きの酒屋が、挨拶に来たという。

「新規取引きは、断ってるんじゃないんですか？」

部屋を出ようとする秀造に、高橋警部補が声をかけた。聞いたばかりの話を、引き合いに出している。

「一年契約の杜氏の酒だけ、扱ってもらうことにしまして」

玲子は、なぜか興味が湧いた。秀造について、事務所へ出る。そこには、品のいい女性と、太った中年男が、秀造を待っていた。

女性は、玲子と同じ年くらいか。中背で日傘を下げ、ふんわりした明るい花柄のワンピースが、よく似合っている。ちょっとタレ目加減なのが、癒やし系な感じで、にこにこ笑っていた。

太った中年男は、金髪で大柄。派手なストライプ柄のシャツとズボン。それが、体型にも増して大きくて、だぶだぶだった。にたにた笑うと、前歯が一本欠けている。

「烏丸さん、ご無沙汰してます」

頭を下げた女性を見て、秀造が驚いている。

「木蓮酒造の今日子さんじゃ、ありませんか？　お久しぶりです」

「今は、甲州屋の甲斐今日子です。酒蔵ではなく、酒屋をしております。二十年前、実家が廃業して、父が亡くなった際には、お世話になりました」

今日子という女性が、秀造に名刺を渡した。見た途端、秀造が目を見開いた。

「社長?!　甲州屋さんって？　まさか、旦那さんも？」

「はい、亡くなりました。今は、私が跡を継いでます」

続いて、太った金髪の男も、名刺を差し出した。

「前にも、お渡ししてますが、たぶん捨てられたと思うので、もういっぺん。神奈川の恵比寿商店です」

へへっと、笑った。

「このたびは、速水杜氏のお酒を扱わせていただけることになり、ありがとうございます」

二人同時に、頭を下げた。今日子は、感じ良くにこにこと。金髪の男は、へへへっと笑ったまま。

十

烏丸酒造から、最寄のコンビニまで、歩いて二十分ほどだった。田んぼのど真ん中、十字に交差した農道の角に建っている。まわりには、田んぼしかないのに、駐車場は満車。店内も客で、賑わっていた。

葉子は、複合機でメール添付のファイルを印刷。コンビニのコーヒーを飲みながら、赤字を入れて修正した。スマートフォンで写真を撮り、添付メールにして出版社に送り返す。パソコンすら不要、便利になったものである。

週刊誌に連載中の酒蔵紹介の記事は、おかげさまで好評。連載も、三年を越えた。

コーヒーを飲み干して、店を後にする。

相変わらずの曇り空だが、黒雲は去った。多少、明るさが出てきている。もう雨の心配は、なさそうだ。

散歩がてら、ぶらぶら田んぼの間の農道を歩き出す。まわりすべてが、刈り終わった稲株ばかり。視界良く、どこまでも広々して見えた。

西の地は、まだ陽が長い。秋も深まりつつある今日この頃。東京ではもう夕暮れ時のはずだが、この曇り空には、まだ明るさが残っている。

慣れないと、田んぼの距離感覚は、掴みにくい。遠く見えた田んぼの中の道は、あっけなく終わった。集落に入ると、瓦屋根の農家が、ぽつりぽつりと建っている。くねくね曲がった土の道を行けば、間もなく烏丸酒造のはずだ。

蔵の近くまで行くと、鎮守の森があった。こじんまりした神社が、目に入る。蔵への近道と目算し、鳥居をくぐってみた。

木々鬱蒼とする参道を通ると、木陰では肌寒さを感じる。足元の草むらで、リーン、リーンと、鈴虫が鳴き出した。

ちょうど、村の秋祭りに、当たったらしい。幟《のぼり》がはためき、二、三屋台が出ている。風にのってラジオが、聞こえてきた。ちょうどニュースの時間なのか。どこかの屋台で、かけているのだろう。

狭い境内は、人影もまばら。はずれに女性が一人、ぽつんと立ってるくらいだ。

出ている夜店は、イカ焼きに綿飴、五平餅屋など。ラジオは、五平餅屋から流れて来ている。餅を齧《かじ》りながら、テキ屋と話している太った若い男には、なぜか見覚えがあった。

少し離れた一つの屋台が、葉子の目を惹いた。たこ焼き屋、焼いている大男が気になる。大きな鉄板が、まな板くらいに、小さく見えるのだ。

屋台を囲んでいた子供たちが、駆け出して来る。あっという間に、葉子の横を駆け抜けて行った。

「タコ人間の焼くたこ焼きは、うっまくねえなぁ」

子供の一人が、歌うように大声を出すと、仲間がうなずいた。

「うっまくねえ、うっまくねえ」

上手にハモって、連呼しつつ、走って逃げて行った。

「誰が、タコ人間じゃっ。こらッ！」

大男が、低い声で毒づいている。

つるつると剃り上げた頭に、手ぬぐいの捻じり鉢巻き。腕は丸々と太く、胸板も分厚い。タコにも似てるが、むしろ岩山と言った方が相応しい感じだ。

騒ぎ立てる子供たちが、角を曲がって見えなくなった。

葉子が振り返ると、大男が葉子を見て、薄く笑っていた。細く長い、吊り上がった目。

一瞬、背中に冷や汗が流れる。

「ねえちゃん、一皿どうや？　安くしとくけ」

たこ焼き一皿なら、悪くないかもしれない。思えば、昼から何も食べていなかった。

無理やり笑顔を作り、黙ってうなずく。

「どうも、おおきに」

低く、ドスの利いた声だ。

大男は、鉄板の丸い凹みに生地を流し込み、たこも載せた。竹串で、クルクル回し始める。注文を受けてから、焼くのが流儀らしい。

回転がどんどん速くなり、目にも止まらないスピードになる。見ていて惚れ惚れする手捌きの良さだ。

細く長い目には、何事も見逃さない鋭さがあった。焼き上がりを判断し、絶妙のタイミングで、ポンポンポンっと箱に詰めていく。

焼き上がったたこ焼きは、外側がカリッとかたく、中心部はとろり。小麦粉の風味が、香ばしい。渡されて一口食べると、思わず口をついて、歓声が出た。

「おいしい！」

「ありがとうございます」

たこ焼き屋は、にやりと微笑んだ。

二個三個と食べすすみ、あっという間に、一皿空になる。ふと、疑問が浮かんだ。

「さっきの子供たちは、なんで口に合わなかったのかしら」

細く鋭い目から、強い光が出た。

「大人の味なんで、子供にはわからないんじゃろ」

そういえば、かかってるソースも甘くない。野菜の味が強かった。

「このソース。自家製ですか？」

大男が、我が意を得たりと微笑んだ。

「よくわかったの。十種類の野菜と果物を煮込んでての。子供に受けないのは、化学調味料が、入ってないからじゃろう。粉も国産小麦じゃしの」

「油は？」

男が、一斗缶を持ち上げた。太白ごま油である。原価が、半端ではない。

「このたこ焼き、儲かってるんですか？」

「ぜんぜん。でも、うまいじゃろ」

葉子は、深くうなずいた。

「よかったら、また食べに来てや」

大男は、言ってから、すぐに何かを思い出し。

「と、言っても。ここは今日までやった。おおきに」

葉子が、屋台を離れると同時に、子供らが戻ってきた。あれで、人気があるらしい。

「タコのたこ焼きぃ。うっまくねぇ〜」

「こらぁっ」

歩き去りながらも、しばらく、背中にやりとりが聞こえた。

ラジオのニュースも、途切れ途切れに聞こえる。烏丸酒造の田んぼの身代金は、ニュースになっていないらしい。脱法ライス中毒で、倒れた大学生が死んだと、事件を報じている。

そのとき、五平餅屋の客が誰か、思い出した。烏丸酒造に文句を言いに来た農家だ。確か、名前は松原。

見ると、まだ五平餅を食べている。

葉子は、ふっと視線を感じて、振り向いた。離れた木の陰から、さっきの女性がこっちを見ていた。花柄のワンピースを着た、三十代半ばくらいの美人。手入れの行き届いた長い髪、にこにこと笑っている。葉子と目が合うと、軽く会釈した。葉子も、会釈を返す。たこ焼き屋と話をしているときから、見られていたらしい。

確か、東京の有名な酒販店の店主だったと、葉子は少し歩いてから思い出した。

## 十一

酒蔵の入り口高くに、茶色く大きな玉が、ぶら下がっていた。

直径一メートルほど、茶色いイガ栗のようだ。枯れた針葉だけで、できているらしい。表面は、三百六十度すべてチクチクし、白漆喰の壁面に吊り下げられている。いかにも、誇らし気だ。

何かの呪《まじな》いにでも、使うのだろうか？　玲子は、初めて目にして、考えていた。

「杉玉、またの名を酒林《さかばやし》と言います」

背後から、穏やかな声をかけられた。振り向くと、

**杉玉**
一番酒が搾られると、軒下に下げられる。
杉の葉の色が、緑から茶へと移り変わる。
酒の季節の始まりのしるし。

樽のような体型の老紳士が立っている。口髭を蓄え、背が低い。元サッカー日本代表という、背の高い男と一緒だ。

「秋から冬にかけて、新酒が醸し上がると、杉の葉でこしらえて、軒下に下げるのです」

「なるほど、一年かかって、ここまで茶色くなったのか」

老紳士が、厳かにうなずいた。

「奈良の三輪山、大神神社は日本で最も古い神社の一つ。酒造りの神を祀ってますが、山全体が御神体なのです。そこで、その三輪山の杉で作った玉をこうして飾っています」

「この玉は、神体の一部?!」

「つまり、神様自身が酒蔵にいらっしゃるということなのです」

そう言われてみると、玉に下がった札に『三輪明神・しるしの杉玉』とあった。

「でき立ての杉玉は、青々しく。でき立ての酒の風味も若く苦いのです。杉玉が、徐々に茶色くなるにつれて、保存している酒の味わいも円《まろ》やかになります。秋になって、この色になるころ、熟成した秋上がりの酒になるのです」

「酒造りは、古くから神仏と太い絆がありました」

ワカタが、杉玉を崇めるように、仰いでいる。

「古《いにしえ》の時代。酒は、神と人をつなぐ神聖な物でした。長い間、巫女《みこ》が造る物だったのです。酒造りのトップを杜氏《とうじ》と呼びますが、元になった刀自《とじ》は、女性の尊称です。酒造りは女性がしていた名残ですね」

「ご老人、やけに酒の歴史に詳しいが、ひょっとして？」

「この蔵の当主です。十四代蔵元、烏丸六五郎《むつごろう》と申します」

老紳士は、にっこりと微笑み、うなずいた。

「天狼星は、秀造氏が立ち上げたブランドだと、もてはやされてます。でも、実はこの方が凄いんです。彼が帰って造り始めるために、飛びっきりの山田錦を用意し、いろんなお膳立てをしていた。天狼星が大成功を収めたのは、六五郎氏が引いたレールの上を、秀造氏がきちんと走ったからなんですよ」

ワカタが、すらすらと説明してくれた。まるで、講演のようだ。

「蔵に戻ってすぐのころは、秀造はもろみになめられてましてなぁ。タンクのもろみが暴れて、言うことを聞かないというので、よく、一喝しました」

「もろみを一喝？」

「そう、鞭でしてね。柳の鞭を鳴らして、奴らを静かにさせたもんです。私の言うことなら聞くんですよ」

かっかっかっと、六五郎は愉快そうに笑った。

「蔵元というのは、誰もがこうなのか？」

玲子は、六五郎の闊達《かったつ》さに、珍しく気圧《けお》されていた。

「この人と、この蔵は特別。他には、こんな蔵はありません」

ワカタは、それが誇りであるらしく、微笑んだ。

「四百年歴史があると言っても、もっと古い蔵もあるのだろう?」

「そういったことでは、ないのです。ここにしか残ってない言い伝えや、しきたり、技術が伝承されているんです」

「?」

「例えば、毎年正月は蔵人をすっかり休ませます。そして、誰もいない酒蔵で、蔵元は跡取りと共に、八塩折《やしおり》の酒を醸すのです」

「八塩折の酒?」

「八岐大蛇《やまたのおろち》を退治するのに、呑《の》ませ、酔わせた酒ですよ」

答える六五郎の笑顔は、能面のようだ。どこか、現《うつつ》を離れて見える。

「神話の話だろう?」

「現実に、わが家には、今なお伝わっているのです」

「一子相伝の技もあります。秘伝玉麹の技術は、口伝でのみ、伝えられているのです」

ワカタの言葉を、肯定するように、六五郎はふふふっと笑った。

「この蔵に肩入れする理由は、それが理由か?」

「凄いロマンですよ。そう、思いませんか」

玲子は渋々、うなずかざるを得なかった。

辺りが、徐々に薄暗くなってくる。ワカタヒデヨシがシルエットになり、黒い影法師に見えてきた。気温も下がってきたのだろう。首筋に、スッと冷気を感じた。

「僕は、自分の人生の三十年間を、すべてサッカーに捧げて来ました。そして、次の十年間で、サッカーに代わるものを、探し続けて来たんです。そして見つけたのが、日本酒。中でも天狼星烏丸酒造。だから、この蔵と田んぼは、どんなことをしても守りたいのです」

ワカタの瞳には、強い光が灯っていた。

## 十二

兵庫県警播磨警察署は、県央近くの落ち着いた地方都市にある。隣町へと続く、地方道沿い。鉄筋コンクリート四階建ての灰色の建物が、町外れに建っていた。

夕刻近く、多田康一杜氏殺人事件の捜査本部が、播磨署内に正式に設置された。辺りが、暗くなってきた中、本格的な捜査が開始される。

こちらも勝木の指揮下となり、葛城玲子警視と高橋仁警部補が、オブザーバーとして参加することになった。

署内の大会議室に関係者を集め、最初の捜査会議を開いた。

殺人事件捜査のキックオフは、岩堂鑑識官の鑑識結果報告だ。

多田杜氏の遺体は、既に荼毘《だび》に付《ふ》され、とっくに納骨された後である。それでも、不審死ということで、検死はされていた。

岩堂鑑識官が、検視ファイルを手に取り、説明を始める。

「多田杜氏の死因は、窒息死。肺に水分は一滴も入っていません」

「つまり、溺死ではないということやな」

勝木の言葉に、岩堂鑑識官が軽くうなずく。

溺死の場合、必ず肺の中に液体が残る。海で溺れたなら、海水。もろみで溺れたなら、もろみだ。本来、空気しか入らない肺に、液体が入ることで死ぬのが溺死なのだ。

不謹慎だが、酒のもろみで溺れ死ぬなら、酒飲みは本望かもしれない。だが、多田杜氏は二酸化炭素での窒息死だった。

「そして、死んでからもろみに投げ込まれたという説と、矛盾しません」

死者は、呼吸をしないため、肺に液体が入ることはありえない。

「発見されたのは、早朝七時。出社してきた蔵人たちに、見つけられています。発見場所は、烏丸酒造の仕込み蔵。室内に設置されたもろみタンクの一本に、多田杜氏が沈んでいました」

蔵人の一人が違和感を感じて、全員で仕込み蔵に入ったところ、杜氏が死んでいたという。

「違和感とは？」

玲子の質問に、岩堂鑑識官がファイルをめくる。

「仕込み蔵に、入れなかったらしい。鍵をかけてないはずの仕込み蔵の扉が、その朝だけ開かなかった」

仕込み蔵には、機器搬入用の外へ通じる大扉と、廊下につながる観音開きの扉がある。大扉は、必要の無いときは施錠してあるが、観音開きの扉には錠がついていない。ところがその朝、観音開きの扉は、内側の閂に角材が通してあり、開かなかった。

「その場にいた蔵人全員で、閂の角材を切断し、仕込み蔵に入ったところが、誰もいない。数人で、隅から隅まで確認したが、猫の子一匹いない。そこで、念のためもろみの中も確認したところ、杜氏を発見した」

「犯人は、搬入用の大扉から出入りしたのか？」

岩堂鑑識官は、ファイルをめくりながら、否定した。

「大扉は、内側から南京錠がかけられていました。大扉から出て、外から南京錠をかけるのは無理です」

「それやったら、杜氏が他殺だとすると、犯人どうしたんや？」

岩堂鑑識官が、肩をすくめて見せる。

「タンクの陰に隠れていた誰かが、外から人が入った混乱に乗じて、逃げたというのは？」

玲子の言葉に、鑑識官がページをめくった。

「手分けして探す際も、常に一人は入り口に残ってたらしい。副杜氏の大野真だな。事故とわかった後も、警察が到着するまで目を離さなかったとある」

玲子は、腕組みしてうなずいた。

「犯人の行方は後にして、先へ進もう。それから？」

「多田杜氏は、発見時死後数時間以上経過。死亡推定時刻は、前夜の八時から九時。死んでから、もろみタンクに投げ込まれたとすると、体温が下がった後。夜半過ぎから、朝にかけての間でしょう」

「外傷は？」

「後頭部に軽い打撲痕が見られます。誤ってタンクに落ちたとき、縁で打ったのかと思ってました。あとなぜか、背中に大きな霜焼けが」

「霜焼け？」

「軽い凍傷ですね。背部から腰部にかけての広い範囲です。平たく冷たい物に、長時間当たっていたと思われます」

「放りこまれたタンクの中は、五度くらいだったらしいが？」

「もっと低温ですし、生きているときの話です」

「？」

「そないなことより、死亡推定時刻の関係者のアリバイは、どないなっとるんや？」

とうとう勝木は、待ちきれなくなり、口を挟んだ。霜焼けの理由など、犯人に聞いた方が早い。

「前夜、烏丸酒造は社員総出で宴会だったらしい。全員あるんじゃないかな。詳しいことは、わからないが」

「当人たちに、聞いてみるのが早いな」

勝木は、立ち上がりながら、上着を手に取った。

「烏丸酒造へ行くなら、私も」

高橋警部補も立ち上がり、上着を取った。

意外なことに、玲子は黙って座ったまま。軽く手を、振っただけだった。

## 十三

勝木は烏丸酒造に戻ると、秀造と大野副杜氏の都合を確認した。運よく、二人とも手が空いているという。たまたま、蔵に来ていた富井田課長からも、事情を聞けることになった。三人共、事情聴取に極めて前向きだ。

「おやっさんが、殺された以上、なんとしても仇を取らないと」

特に大野副杜氏が、目の色を変えている。鼻息も、荒い。

脅迫事件の仮捜査本部、蔵の応接室で、事情聴取を進めることになった。外はすっかり暗くなり、窓ガラスが鏡のように、室内の様子を映している。

蔵元から順番に、話を聞くことになった。

「多田杜氏が、発見された前の晩のこと。ちょっと、聞かせてもらえまっか?」

勝木の質問に、秀造が記憶を辿る。少し考えてから、おずおずと口を開いた。

「あの晩は、甑倒し《こしきだお》しを終えたのと、播磨農協の新理事長の歓迎会を兼ねて、宴会を開きました」

酒蔵では、醸造シーズンの終了を、甑倒しと呼ぶらしい。仕込みに使う米を、すべて蒸し終えると、甑、つまり蒸し器をしまう。その後は、重労働がなくなるため、事実上の酒造り終了を祝って、宴会が行われるのだ。

「宴会に参加したんは?」

「蔵人全員と、播磨農協の幹部。あと、富井田課長たち県庁職員が数人だったかと」

「向こうまでの足は、酒を飲みに行くんだから、車ではないやろ?」

記憶が蘇ってきたらしく、秀造が即座にうなずく。

「マイクロバスです。運転手付きで借りて、店まで往復しました。杜氏を除いた蔵人全員と、農協の方たちが一緒でした。県庁職員は、自分たちの車で行ったんじゃなかったかな。帰りは、代行で帰ったんでしょう」

「宴会は、前々から決まっとったんか?」

「半年前には。甑倒しは、前の年の秋に立てる醸造計画で日程が決まります。だから、その後の宴会も同じです。今年は、農協さんが、参加するんで会場を見直したくらいで」

宴会会場は、蔵から車で一時間ほどの割烹だった。地元では、式包丁で有名な店で、勝木も行ったことがあった。

「白装束を羽織り、長包丁で魚を捌く儀式が、ことのほか厳かで。その年の酒造りが終わったと、しみじみ感じるんです。農協さんたちは、初めて見たって、感激してました」

烏丸酒造の酒を持ち込んだ宴会は、夕方七時から始まり、十時過ぎに終了したと言う。

「なんで杜氏は、宴会に来いへんかったんやろう?」

勝木は、そんな大事な宴会に杜氏が来なかったというのが、気になった。

「それが、全然わかんないんです。心当たりもありません」

その後も二、三質問した後、秀造を解放し、大野副杜氏を呼んでもらった。勇んでやって来たところで、さっきと同じ質問をする。ほぼ、同じ答えが返ってきた。

「多田杜氏を最後に見たのは、誰で？　いつやった？」

「皆です。懇親会に、出発するときに見かけたのが最後でした。一緒に行きましょうと言ったんですが、後から一人で行くって。言いだしたら、聞かない人なんで、理由も聞かずにそうしました。それが、なんの連絡もなく、来なくって。キャンセル料払ってもらわなきゃなんて、皆で話してたのに……。翌朝になって、あんな姿で見つかるなんて」

大野副杜氏が、肩を落とした。

「後から一人で行くって、なんやろな？　蔵人を追い出した後、酒蔵で女とでも会うつもりだったんやろか？」

「まりえさんじゃ、ありません。あの日は、友だちと境港の水木しげるロードに出かけてて、留守でしたから。ひょっとすると、別の女性かも知れません」

妖怪好きだった杜氏の勧めで、佐藤まりえは鳥取観光していたらしい。別の女の話も出たが、心当たりがあるわけではなかった。

「女一人でできる仕事じゃないな。共犯者がいたのかもしれん」

どっちにしても、わからないことだらけだった。

その他には、特段変わったこともなかったが、人一倍、大酒飲みの富井田課長が、あの宴会に限っては、ほとんど飲まなかったらしい。

「あの日トミータさん、腹の具合が悪くて飲めなかったんですよね。気の毒だったなあ。何回も席立って、トイレに通ってました」

大野副杜氏が、思い出し笑いしている。気の毒を通り越して、滑稽だったようだ。

ちょうど話が出たところで、大野副杜氏に富井田課長を呼んでもらうと、その宴会のことは、よく覚えていた。

「ええ、ええ。それは見事な技なんですよ。あの店の式包丁は。もちろん、僕も出てました。うちの課の若い奴らも一緒です。それぞれの自家用車で行って、帰りは代行で。こっから車で一時間ほど、有名な割烹料理屋です」

大野副杜氏から聞いた話をふると、富井田課長は、天を仰いだ。

「そうなんですよ。ピーピー、ピーピーしちゃいまして、何度も何度も中座する始末です。おめでたい席なのに、本当に申し訳ないことをしました。でも、酒を一滴も飲めなかったので、圧倒的な割勘負けです。今、思い出しても、悔しいったらありゃしません」

相当悔しかったと見えて、隅から隅まで、ハッキリと覚えている。元々、記憶力がいい上に、素面《しらふ》だったからだろう。

秀造や大野副杜氏の話と、大きく矛盾する話は、特に無かった。

富井田課長が帰っていった後、勝木は手元のメモを確認した。

店の従業員からの聞き込みからも、状況に間違いはなさそうだった。蔵元と、杜氏以外の蔵人全員、それに播磨農協関係者に県庁職員が、その時間飲んでいた。特に、長時間中座した者もいなかったらしい。

割烹まで、蔵から車で一時間以上かかる。行って帰って、二時間。当日、長時間中座していた者はいないとすれば、全員容疑者から外れる。

「杜氏は、酒蔵で外部のもんと待ち合わせていた。そこで、何かが起こって、襲われたっちゅうことか」

勝木は、腕を組み、独りごちた。

「または、約束相手が帰った後、泥棒でも入ったんやろか？」

ただ、秀造に確認したところでは、盗られたり、失くなったりした物はないらしい。

「あとは、怨恨か」

ひどく他人に恨まれている様子はなかった。ただ、どこに行っても、歯に衣着せぬ物言いで、煙たがられていたらしい。

また杜氏は、特定技術を持ち、責任も負うため、他の蔵人より一桁給料が高い。それがトラブルの原因になることもあった。高給に見合って、金遣いも荒かったようだ。

「犯人は、多田杜氏が油断したところを襲い、窒息死させた。そして、もろみタンクに、死体を放りこんで偽装した。顔見知りだったのか、それとも見ず知らずの通りすがりの仕業か」

勝木の思考は、ぐるぐると堂々巡りし続けた。全く手掛かりが無く、八方塞がりだった。

十四

もぎ立ての果実に似た爽やかな香り、透明で水晶のような屈折率が煌《きら》めく。一口、含むと、シャープで心地いい酸味と、和三盆のような上質な甘味。後味を引き締める微かな収斂《しゅうれん》感。ごく微妙な炭酸ガスの刺激が、舌を撫でる。

初めて、グラスで飲んだ純米大吟醸。

日本酒が、こんなにうまいものだとは！　玲子にとって、全く想定外だった。

「甘露《かんろ》だな」

玲子は、思わず唸った。

今までに飲んだ日本酒とは、明らかに違う飲み物だった。

「これが、純米大吟醸か！」

「凄いですよねえ。お米からこんなに華奢《きゃしゃ》で、優美な飲み物ができるなんて」

玲子は、葉子たち三人に連れられて、日本料理店『蒼穹《そうきゅう》』に来ていた。

酒蔵から、タクシーで十五分ほど。この近くでは名の通った店で、近隣で天狼星が飲める数少ない一軒らしい。

駅にほど近い、昔ながらの街道沿い。古民家を改装した一軒家の店だった。黄土色の土壁に、紺色の暖簾が掛けられている。店内に入ると、長いカウンターとテーブル席が二つ。暖色の照明が、隅々まで満ち溢れ、包み込まれ感ある、居心地いい室間だった。

壁面の土壁には、稲藁が漉き込んであった。一輪挿しに、桔梗の花が活けてある。

玲子たちは、八人がけのカウンターに並んでいた。松の木の分厚い一枚板で、中央に湯の張られた燗床《かんどこ》が据えられている。端には、ススキを活けた大きな丸壺。黒光りした肌に、浮彫りの龍がからみつき、壺を抱え込んでいるように見えた。

今回の事件で鍵になるのは、日本酒だが、元々玲子は日本酒が嫌いだった。

それを知ると、葉子が一緒に飲もうと誘ってきた。日本酒セミナーの講師もしているので、酒についてレクチャーしてくれると言う。

最初に、頼んだ酒が烏丸酒造の天狼星純米大吟醸酒だった。

「これが、世界一高い酒なのか?」

「いえ、世界一の次の次の次くらいの純米大吟醸です」

葉子は、少し誇らしげだ。玲子に褒められたのが、嬉しかったのだろう。

「世界一でないのに、ここまでうまいのか?! 信じられん。本当に、こんなにうまい酒が、あんな田んぼの米からできるのか?」

「あんな田んぼ呼ばわりは、ないでしょう。ちょっと、ひっかかりますね」

葉子が、口を尖らせた。

「ヨーコさんの言う通り、最近の日本酒は、すごくレベルが上がった。桜井会長のとこの獺祭磨き二割三分も、かなりおいしいよ」

トオルの視線を追って玲子も、店内を見回す。獺祭初め、日本酒を飲んでいる客ばかりだ。

「この純米大吟醸酒、一升瓶一本造るのに、どのくらいのお米が必要だと思いますか?」

「さっき、田んぼで三キロって、言ってたな」

「凄いっ! さすがです。よく覚えてますね。それじゃあ、三キロの玄米作るのに、田んぼはどのくらいの広さが必要でしょう?」

玲子は、黙って首をかしげた。全く見当がつかないし、推測しようにも、前提条件を知らなかった。

「だいたい四畳半くらいです。田んぼ一反、三十メートル四方で六俵。三百六十キロくらいしか、酒米は採れないんです」

「つまり、千平方メートルあたり、純米大吟醸酒が百二十本。一本あたり、八平方メートル。四畳半くらいか」

「うわっ! 玲子さん、計算早っ! つまり、田んぼ四畳半あれば、純米大吟醸が一升瓶一本造れるってことです。ちなみに純米酒だったら、一坪、畳二畳から一本造れます。使う米の量が、一キロなので」

「なるほど、一坪、つまり畳二畳から、一升瓶一本というのは覚えやすいな」

「計算してみると、二十歳以上の成人が、一人一日一合純米酒を飲むと、それだけで一万ヘクタールの田んぼが、必要になるんです。ちょうど、減反されてた田んぼ分。つまり、日本国民が、純米酒を一日一合飲めば、減反が不要になるんです」

「ほぉ、そう来たか! 減反不要とは」

「ついでに言うと、日本の昔の単位は、全部お米から換算したんです」

**一坪(田んぼ二畳)の稲**
1坪で、約1kgの玄米が採れ、1升瓶1本の純米酒が造れる。

「どういう意味だ?」

「ひと一人が、一年間に食べる米の量を一石《いっこく》と呼びました。つまり、加賀百万石っていうのは、百万人が食べられる領地って意味なんです。その一石の米が採れる田んぼの面積が、一反《いったん》」

「驚いたな。食べ物が物差しの基準だったとは。それほど食いしん坊だったのか、江戸時代の人間は」

「今のお客さまも、食いしん坊ということでは、変わりませんわ」

すっきりした着物姿の女将が、微笑んだ。テキパキと、先の料理の器を下げ始める。うりざね顔で、白い肌。店主の妻だという。

カウンターの向こうから、店主も手を出して器を引き取っていく。正面の壁面が、全面食器棚だった。扉には、磨りガラスがはまり、中の器のシルエットが見える。

縮《ちぢみ》の和服を着た細面の店主は、器の目利き。料理と酒に合わせ、その度食器棚から器を出して、提供してくれる。

続いて出してきた長皿は、淡い辛子色。微かに桃色を帯びた、乳白色半透明の刺身が並んでいる。

「お造りは、鳴門の鯛です。一般に鯛の旬は、産卵前の春先ですが、鳴門では紅葉鯛と言って、秋にも旬があります。秋田の純米吟醸酒『天鷲絨《ヴィリジアン》』を、冷やで合わせて下さい」

すっと目の前に、杯が置かれ、店主が酒を注ぐ。

シャープな薄手の酒器。表面にガラス質の膜が被り、透き通るような空色をしている。

「これは…」

葉子が、目を光らせた。杯を逆さにし、底をのぞき込みながら、作家名を口にする。

「さすが、ヨーコさんだ。その方の最近の作品です。現代青白磁の代表と言えますね」

蒼穹の主人の賞賛に、嬉しそうに葉子が、ガッツポーズを取った。

そして、にこにこと、器の中身の説明を始めた。

「このお酒を造っているのは、六号酵母という現存する一番古い酵母が見つかった酒蔵なんです。それで、使う酵母は六号酵母のみ。お米も秋田県産米だけです」

「これも、山田錦の酒なのか?」

「いえ、山田錦の子供で、美郷錦という米の酒です。秋田県では、山田錦は寒過ぎて育たないので」

「さっきの純米大吟醸より、香りが穏やかだな」

舐めるように、味わいながら、葉子が解説を続ける。

「柑橘のような香り、感じませんか?」

言われて、玲子は香りを探してみる。確かに、そんな風味があった。

「確かに、柑橘っぽい。しかし、柚子でもなければ、レモンやオレンジでもないし、グレープフルーツとも違う。なんの柑橘だろう?」

この柑橘系の香りが、紅葉鯛の刺身の新鮮な風味と実によく合う。味と香りがいっそう膨らみ、サラリと味がキレながら、後に余韻がたなびく。

「うまいな!」

紅葉鯛と天鷲絨《ヴィリジアン》を、交互に口に運ぶと、杯が止まらなくなった。

「米だけから、これほど多様な酒が造れるものなのか」

玲子がため息をつくと、葉子が、嬉しそうにうなずいた。

「まずい酒もありますが、米の酒も造り方によっては、こんなにおいしくなるんです。でも残念なことに、米で造った酒に、蒸留したアルコールを添加してるのもあります」

「蒸留酒を、添加するだと?」

「サトウキビから砂糖を作った後に残る廃糖蜜《はいとうみつ》。それを原料にして、蒸留して造ったアルコールを、日本酒に混ぜるんです」

「米だけで造れるのに、なぜ、そんな手間のかかることを?」

「安くできるから。太平洋戦争中の満州の零下の気温に耐えるとか、戦後の米不足とか。歴史的な理由付けはあるんですが、今も続いているのは、主に価格です」

「金、金、金。世知辛い世の中だよ、まったく。アルコール添加した酒が、日本酒全体の約八割だからね」

顔をしかめたタミ子が、大きく肩をすくめて見せた。

葉子も、悲しげにうなずいている。

十五

勝木の思考は、まだ迷路を彷徨っていた。多田杜氏の事件を、考え込んだ挙句に。

だが、女性の大声に驚かされ、現実に引き戻された。

「勝木さんと高橋さんの分、晩ご飯作っとげばいっすか?」

晩ご飯だと？

勝木が、慌てて傍らを見ると、賄い担当の女性だった。気立てが良さそうで、笑みを浮かべて立っている。

太ぶちのメガネの中に、クリクリした目。ぽっちゃりした体型ながら、キビキビと動く様子は感じがいい。

いつの間にか、部屋に入って来ていた。しかも一度挨拶しただけなのに、勝木たちの名前を、ちゃんと憶えている。

捜査員が引き上げたので、勝木は高橋警部補と二人きりだった。

「まりえさん、ありがとうございます。でも、大丈夫ですわ。お気持ちだけ、いただいときます」

高橋警部補が、丁重に断った。

この男も、ちゃっかり彼女の名前を、憶えている。

勝木は惜しいと思ったが、仕方なく同意した。事態が、どう推移するかわからない。のんびり食事を摂ってる暇など、無いと思うべきだろう。

「蔵人たちの分、こさえるすから。一人、二人増えても、どうってことねえんだすが。食べてる暇も、無さそうだすな。わかりますたぁ」

にんまりと笑って、ドアが閉まった。どことなく、リスを思わせる。根拠はないが、この女性の作る料理は、おいしそうな気がした。

ただ、どこか無理して、自分を鼓舞している風にも見える。

すると、次の瞬間、ノック無しにまたドアが開いた。

当然、まりえだと思ったところが、今度は見知らぬ男だった。

初老で背が高く、細身。仕立てのいいスーツを着ている。勝木たちを見て、ちょっと戸惑っていた。

「ど、どなたですか?」

男が、おずおずと訊ねてきた。名乗らずに、問うてくるとは、この蔵の関係者だろうか。

「播磨署の勝木やけど。どちらさんや?」

「警察?」

鳩が、豆鉄砲を喰らったように、男が目を丸くする。

「なぜ、ここに?」

「あんたこそ、何もんや? 事件を、知らんのか?」

男が、パチパチと瞬きを繰り返した。やがて目を見開く、何か思い出して来たらしい。

「そうか、秀造くんの言ってた田んぼの話。なるほど、失礼した」

クルリと後ろを向くと、バタンと音を立ててドアが閉まった。

「何やったんや、あれは?」

高橋警部補と顔を合わせると、大きく肩をすくめて見せた。

またまたノックの音がして、三度目のドアが開く。

今度は、まりえだった。山盛りのにぎり飯を、大皿に盛っている。

「にぎり飯さ、結んできたぁ。これなら、手の空いてるときに、食べれるっすべ」

「うわー、えろうすんまへん」

礼を言う勝木に、笑い返し、まりえはバタバタ引き上げて行った。

気づくと、勝木はかなり空腹だった。朝から、ほとんど何も食べてない。さっとにぎり飯に手を伸ばしかけて、止めた。卓上の電話が、鳴り出したのだ。高橋警部補が、電話を取る。相手の話を聞くうち、表情が硬くなっていった。ひとしきり話して、受話器を置いた。

「何があったんです？　田んぼの脅迫がらみですか？」

高橋警部補は、首を左右に振る。

「獺祭の桜井会長は、烏丸さんと一緒でしたよね？」

桜井会長は、車が直るまで、ここに逗留するらしい。

「夕食を摂るって、出て行きましたなあ。間もなく戻るでしょう」

「朝、アルファロメオに追突した軽トラックが、見つかりました。聞いてたナンバーと、一致してます」

「ああ、あの当て逃げした奴」

「今しがた、播磨駅近くの交差点の赤信号に突っ込み、信号機を押し倒したそうです。幸い、本人以外に怪我人は、出てません」

高橋は、立ち上がって灰色の上着を手にした。

「どちらへ？」

「運転手の入院先に。どうも、ラリって運転していたようで」

「まさか！　脱法ライス中毒ですか？」

高橋が、こくりとうなずく。

「食べながら、運転してたようです。運転席の齧《かじ》りかけのにぎり飯を分析したら、脱法ライスだったと」

「葛城警視には？」

「帰ったら報告します」

ドアの閉まる音と共に、風を巻くように高橋警部補が出ていった。

勝木は、まりえの作ってくれたにぎり飯の山を、未練がましく眺めた。再び手を伸ばしかけたが、引っ込めた。

今の話を聞いては、どうにも食べる気がしない。

十六

蒼穹の料理は続き、次は焼き物だった。暗緑色で、深い艶のある幅広い縁付きの皿に、茄子と鱧が並んでいる。

「焼き浸しです。うちの庭で採れた秋茄子と、境港に上がった鱧を焼いて、お出汁に漬けてあります。器は織部に似てますが、ベトナムの焼き物です。栃木の純米吟醸酒『無垢《むく》』を、冷やで合わせてみて下さい」

透明感のある青緑色の盃に入って、酒が出てきた。絵柄はなく、無垢。縁は薄く、よく見ると、細かいひびが入っている。貫入《かんにゅう》と呼ぶらしい。高麗青磁と呼ぶ器だとか。

「このお酒は、栃木県産の山田錦で醸してます。北限ではないけど、それに近いところ。酒の仕込み水と、同じ水で育てた稲の米なんですよ」

葉子が推奨する通り、無垢《むく》という酒の爽やかな酸味と繊細な甘味が、見事に鱧の旨味を引き立てた。

野菜好きだという葉子は、秋茄子のおいしさで、絶好調となってきた。話の止まる気配が、ない。

「本当に稲は、凄い作物なんですよ。まず、連作障害を起こさない。つまり、毎年同じ田んぼで、同じ米を育てられる。これって他の作物じゃありえません」

タミ子とトオルは、何回も聞いた話なのだろう。話に耳を傾けつつも、うまいうまいと、せっせと食べ、飲んでいる。

葉子一人、箸を止めて、熱弁を奮い続けている。

「それから、単位面積当たりの収穫量が多い。日本って、島国なのに山国で、総面積の八割以上は山でしょう。耕地面積って凄い狭い。なのに、江戸時代から、世界有数に人口が多かった。米のおかげですよ。狭い土地で、養える人の数が多いんです」

ターボがかかったように、葉子のテンションは上がり、一人で熱く話し続ける。

「ちゃんとした田んぼは、環境を保全するし、大雨のときにはダムにもなります。日本酒は環境にも、優しいんですよ」

玲子は、半ば呆れ、半ば感心して言った。

「本当に、田んぼが好きなんだな。確か、田んぼを守る妖怪がいたな。その生まれ変わりじゃないのか」

妖怪と言われ、一瞬きょとんとした葉子だが、すぐにはにかみながら微笑んだ。

その嬉しそうな様子を見て、玲子は少しだけ、葉子が羨ましくなった。

そこに登場して来たのが、蛸と里芋。鈍い灰色に、白い絵柄が入った三島焼という器に盛られている。

「明石の蛸と、丹波の里芋を出汁で炊いてみました。お酒は、静岡の純米大吟醸『生酛誉富士《きもとほまれふじ》』。熱燗してみました」

酒器は、青灰色の円筒形。少し歪んだ形で、側面の浅い凹凸に指がしっくりとはまり、握ると心地いい。淡く細い線で、茶色の鳥が画いてあった。

「絵唐津のぐい呑みで、女性作家さんが、登り窯で焼いた作品です」

燗なのに、淡く爽やかな香り、キリリとしたキレ味が鋭い。口当りよく、蛸と里芋の香りにも、よく合う。交互に口に運ぶと、杯と箸がスルスル進む。

「これは、誉富士という米の酒です。山田錦にガンマ線を照射して作り出したお米なんですよ」

葉子の解説に、玲子は少し驚いた。

「放射線による突然変異種だと?!　山田錦の」

「背の高い山田錦を、栽培しやすいよう、低く改良したんです。静岡で」

「なるほど。だが、この燗酒も、うまいな。こういう日本酒の評価は、なんで決まるのだ？」

「一つは、コンテストですね。いろんなのがありますが、中でも権威が高いのが、国税庁主催の全国新酒鑑評会です。できたての新酒だけを点数付けして、入賞と金賞が決定されます」

「インターナショナルワインチャレンジの日本酒部門っていうのもあるんだ」

葉子の説明に続けて、トオルも口を挟んだ。

「元々、ロンドンでやってたワインのコンテストでね。十年くらい前に日本酒部門ができたんだ」

「世界一、高い酒というのは、そういうコンテストで決まるのか？」

「玲子さん、違います。オークションです」

「競売か？　入札で決まるんだな」

「そういうことです。パリ・オークションとニューヨークコレクションが有名ですね」

日本酒の世界は、思った以上に深く広いことがわかった。この店の料理に合わせて、酒と器を選ぶスタイルも、店主が考案したらしい。料理と日本酒、温度に器。無限に組み合わせはある。器や温度によって日本酒の味が変わること、料理との相性があること。玲子は、全く知らなかった。

店主は、葉子の古い知り合いらしい。昔、東京で店を開いていたが、赤ん坊が生まれたのをきっかけに、この地に移り住んだという。

玲子は、改めて天狼星純米大吟醸の一升瓶を、手に取って見た。

「この瓶の肩に、秘伝と貼ってあるが、これが造り方なのか？」

瓶には、ラベルの他に『秘伝 玉麹』と記してあった。

「そうです。麹作りは、酒造りで最も大事と言われる作業。その中で、とっても特殊な技術です。全国に千八百社ある酒蔵の中でも、烏丸酒造だけができる技。烏丸酒造では、純米大吟醸にだけ、秘伝で作った麹を使ってます」

さっき、六五郎も話していた。代々一子相伝、口伝のみで伝えられてきた技だ。

料理の締めは、店主の打った出雲の釜揚げ蕎麦。

蕎麦湯に浸かった蕎麦が、丼に入って出てきた。鰹節や海苔と葱がのり、醤油だれをかけて、かけ蕎麦風に食べる。初めて食べたが、大変にうまい。

「これを食べると、わざわざ出汁を取って、蕎麦汁《そばつゆ》を作るのがバカらしくなるな」

玲子の言葉に、主人が微笑みながら、うなずいた。

「私の生まれ故郷の食べ方です。手を抜くのが、上手な者が多いところです」

食後の茶を飲むうち、玲子も主人に質問したくなった。

「主《あるじ》、カウンターの隅に置いてある、ススキの入れ物は何だ？」

「あれは、江戸時代中頃の黒薩摩焼の大甕《おおがめ》です」

「カメ？」

玲子は、焼き物に目をやった。どう見ても違う。

「何を戯《たわ》けたことを。あれは、亀じゃないだろう？　龍だろっ！」

何か、喉にでも詰まったのか、トオルがプッと吹き出した。タミ子が、頭を小突いている。

「失礼いたしました。あれは、龍です」

「そうだろ、店主が間違えちゃいかん。あれは、龍だ。亀では、ない」

葉子も、にこにこ笑い出した。女将もくすくす笑っている。面白いことを言ったわけでもないのに、座が寛いだ。

玲子は、杯を空けるたびに、どこか不思議な心地良さを、感じ始めていた。

十七

夜も、更けてきた。勝木がそろそろ酒蔵から、帰ろうと思い始めたころ、岩堂鑑識官が、顔を出してくれた。土壌分析結果を、わざわざ届けに来てくれたのだ。兵庫県警が誇る、科学捜査研究所が行った分析結果である。

「ここは帰り道で、明かりが点いてたから寄ってみたんです」

岩堂鑑識官の言葉に、勝木は心から礼を言った。

夜が深まるにつれて、烏丸酒造の事務所の中は、深々と冷えこんで来ていた。古い建物だけあって、照明は暗め。高い天井の隅には光が届かず、暗く影になっている。

蔵人は、皆とっくに引き上げた。オーガペックの検査官たちは、つい今しがたまで、黙々と書類審査を続けていた。だがそれも、ひと段落したらしく、税務調査室も今は真っ暗。蔵の中は、静まり返っている。蔵の闇が、だんだん濃くなっている気がした。

高橋警部補は、少し前に病院から戻って来ていた。

軽トラックの運転手の意識はなく、空振りだったらしい。

二人、並んで岩堂鑑識官の報告を聞いた。

「犯行現場は、播磨市楓里町の圃場。広さ約一反、三十メートル四方で、南側に農道が通っている。圃場の北東角部付近、約一・五メートル四方に薬物が散布されています。土壌分析の結果から判断すると、まかれた毒物はアルキルビピリジニウム塩系の除草剤です。稲なら、まいて数日で、枯れ果てます」

農薬をまくのに、一般的な噴霧器を背負って使用したらしい。

「そいつが、青色なのか?」

「はい、青に着色してありましたから、パラコートですね」

「ああ。昔、向こう三軒隣の爺さんが、自殺するときに使ったやつやな」

勝木が子供のころ、農家には必ず、パラコートが置いてあった。子供心にも、不吉で恐ろしく見えたものだ。

「散布された除草剤の種類と、稲の枯れ具合から推定しました。犯行推定時刻は、三日前の深夜から未明。昨夜遅くから未明に、稲が枯れたのを確認し、脅迫状をポスティングしたと思われます」

岩堂鑑識官の報告を聞いて、勝木は補足した。

「聞き込みからやけど、いずれの時間帯もあの周辺は人通りなく、目撃者もなしや」

様々な調査の報告書が、上がって来ていた。烏丸酒造と秀造は、かなり恨みを買っているようだ。

酒の管理が悪いと、出荷を打ち切られ、逆恨みしている酒屋。烏丸酒造のせいで、銀行融資を打ち切られたと信じる近隣の酒蔵。リストラで、首を切られた元社員など。

特に最近は、新規の酒屋との契約を巡って、老舗酒屋である義父との仲が険悪になっているという。

岩堂鑑識官が去り、二人きりになってから、勝木は高橋警部補に尋ねた。

「この事件、高橋さんたちの追ってる件と、関わりがあると思いますか？」

「さて、脱法ライスと関係あるかどうか。今のところは、なんとも言えませんな。田んぼに毒がまかれ、身代金が要求されただけですから」

高橋警部補が思案深げに、軽く首を傾げた。

「勝木さん」

声と共に、ドアが開き、秀造が入ってきた。

鞄を提げている。ワカタが、後ろから続いて来た。勝木は、思わず背筋を正した。

「現金が揃いました。ワカタさんの会社のスタッフが、たった今、こちらに届けてくれたんです」

秀造が鞄を開け、現金を見せた。きれいな札が、五百万円分入っている。

「ありがとうございます。後は、向こうの出方次第ですな」

「今夜は、あまり眠れそうもないです。こんな大金が、枕元にあったんでは」

苦笑いする秀造を見て、勝木は夕方この部屋で会った男を、思い出した。いきなり部屋に入ってきた初老の男。

「烏丸さん。夕方、品のいい初老の男性が、探してましたが？」

紳士然としていた割に、どこか胡散臭かったことは、口には出さなかった。

「それは、たぶん義理の父です。怪しい者ではありません」

義理の父というと、最近、秀造と仲が険悪だという当人だ。

「お義父さまですか？　道理で！　勝手知ったる家で、何してるんやって顔してました」

秀造は困惑した風、苦笑いが深くなった。

「義父は、近くのホテルに帰りました。明日、また来るそうです」

「こちらには、泊まられない？」

「いろいろ、ありまして」

「桜井会長やワカタさんは、泊まってるのに？」

「そうなりますな」

この蔵の事情も、なかなか複雑そうだ。

夜も、かなり更けてきている。勝木たちも、一旦引き上げることにし、その旨を伝えて、酒蔵を辞去した。

蔵前の広場は、静まり返っていた。車両が減って、広々として見える。

外に出た瞬間、思わず勝木はブルッと身体を震わせた。かなり、気温が低くなってきている。風は、相変わらず強い。思わず首をすくめ、両肩を手でさすった。

漆黒の闇が、頭上に広がっていた。月も星一つも見えない、真っ暗な天。町からさほど離れていないのに、夜空はけた違いに暗い。

会釈し、高橋警部補と、別々の車に乗り込もうとする。そのとき、風に乗った微かな話し声が聞こえた。そう、遠くではない。

高橋警部補と顔を見合わせ、目くばせする。二人は、徒歩で前庭を横切り、小川を渡った。

左手の神社へ続く雑木林の中で、人影が動くのが見えた。

身を屈め、耳を澄ませると、人の声が聞こえる。途切れ途切れ、流れて来たのは、低い女の声だった。

「……速水、偽、刈るる田……割れて世もすえ、合わないと思う……」

男の低い声が、何か言い返しているが、全く聞き取れない。

一瞬、丸々とした頭の大男と中背の女のシルエットが、闇の中にうっすら浮かんで、消えた。そして、あとには沈黙だけが残った。

女性は、昼間酒蔵に来ていた甲州屋の女将にも似ていた。速水と、呼びかけていたようだが、相手は誰だろうか？

犯罪の臭いとは違うが、脅迫されている酒蔵の近くで、この夜更けだ。キナ臭い感じは否めない。

秋の深夜、気温はぐんぐん下がって来ている。寒さ故か、鳥肌が立つ。

烏丸酒造を振り返って見ると、背景の夜空よりも暗く、酒蔵のシルエットが闇に沈みこんでいた。

十八

「まんばち眩んで、砥石枕《といしまくら》で寝る」という諺《ことわざ》が、出雲弁にはある。葉子の父親の口癖だった。目が回って、冷たい砥石を枕にしても気づかないほど、酔ってる様子を指す。

いま、葉子のまんばちは、眩んでいた。世界がぐるぐる回る。足がからみ、もつれる。頭が大きく揺られ、止められない。真っすぐのはずの橋の欄干が、くねり、うねる。ぐにゃぐにゃと、曲がって見えた。

目の前で、道化師が踊る。夜空の星と月は、速度を上げ、夜空を渦巻いた。

玲子たちと店を出た後、もう一杯と思い、一人で次の店に行った。だが、一、二杯しか飲んでないはず。なぜ、こんなに世界が揺れるほど、酔ってしまったのか?

ほんの数メートルほどの橋なのに、いつまで歩いても、向こう側に着かない。

欄干を掴もうと手を伸ばすが、すぐそこにあるのに届かなかった。手が大きく空振りする。頭が仰け反った。頭がガンガンし、吐き気も起こってくる。目の前が、薄暗くなってきた。

視界の隅を、巨大な花が飛ぶ。見上げれば、マルマルと巨大な顔に見下ろされていた。

転げそうになる自分を支えるため、もう一度欄干に手を伸ばしたが、掴めない。違う、目測が狂っていた。欄干は手前だ、しかも高さが全然低い。

大きく空振りした拍子に、上半身が泳ぐ。足がもつれ欄干に躓き、宙に転んだ。どこか遠くで、微かに名を呼ぶ声がする。顔は、川へ向いていた。川面にも巨大な顔、恐い。ゆっくりと、巨顔が近づいて来る。ダンっという衝撃と共に、呼吸ができなくなった。身体に、何か巻きついてくる。ほどけない。苦しいが、身体が動かせない。助けを、叫ぼうとしたとき、口から水が入ってきた。葉子の意識は遠のき、途切れそうになった。

意識が途切れる寸前。

浮揚力を、感じた。身体が、グッと浮かび上がる。

顔が、水面から出た。大きく、息を吸い込んだ。誰かが、支えてくれている。

「ヨーコさん、大丈夫ですか?」聞き覚えのある声が、聞こえた。誰だったか?

呼吸が楽になり、安心したとたん葉子は、意識を失った。


「おっ、目が覚めたかい」

目が覚めると、タミ子が心配そうに、のぞきこんでいた。

「良かったぁ。気がついたね。ヨーコさん」

トオルの声も、聞こえる。

気づくと、葉子は、白く清潔なベッドの上に寝かせられていた。

「おかあさん、ここは?」

「救急病院だよ。もう大丈夫さ」

タミ子の後ろから、トオルの心配そうな顔ものぞいている。

ふと、安心した瞬間、心の底から恐怖に襲われた。どす黒い不安に、心が飲みこまれる。

葉子は、大声で泣き出し、タミ子に抱き着いた。

「おかあさん、おかあさん、おかあさん。怖いよ、怖いよ、怖かったぁ」

「ああ、よしよし。もう大丈夫だ。安心おし。大丈夫、大丈夫だから」

タミ子に、ヒシと縋りつく。年齢からは、想像できないほど、がっちりした体格には、どっしりとした安心感があった。

しばらくの間、力強い手で、背中を擦ってもらった。そのうちに、潮が引いて行くように、心の波が収まってきた。

徐々に感覚が戻るに連れ、頭がガンガンし始め、喉元に吐き気が上がってきた。

「なぜ？」

こんなに、気持ち悪いのか、口から質問が突いて出た。

「トミータさんが、助けてくれたんだよ」

タミ子が身体をズラすと、部屋の隅に座っている富井田課長が見えた。病院の物らしいパジャマ姿。サッと立ち上がって、葉子の顔をのぞきに来た。

「ヨーコさん、気づきましたか。良かったぁ。安心しましたぁ」

「川に飛び込んで、助けてくれたんだってさ。救急車も手配してくれて、付き添ってここまで来てくれたんだよ」

「いやあ、スーツがびしょ濡れなんで、いま乾燥機の中。乾くまで、この姿なんですよ。ここのパジャマ貸してもらいました。化繊のスーツなんで、縮んじゃわないといいんですけどね」

富井田課長の丸い体が、つんつるてんのパジャマから、はち切れそうだ。それを示して、明るく笑う。

「たまたま、夜道を通りかかったら、ヨーコさんが橋の上でダンス踊ってたでしょ。なんか危なっかしいなって思ってたら、見る間に欄干越えて、川に落ちちゃって。ビックリしましたよ。それで、こりゃあかんと思って、慌てて川に駆け降りたってわけです」

「ええっ〜、すみません。すみません」

葉子は、米つきバッタのように、何度も痛む頭を下げた。

富井田課長、かえって恐縮したらしい。

「ヨーコさん。どうか、そんなに気にしないで下さい。こんなのお安い御用ですよ。全然、たいしたことじゃ、ありません。当たり前のことしただけですから」

葉子が、重ねて礼を言おうとしたとき、ドアをたたくノックもそこそこに、玲子と高橋警部補が、部屋に入って来た。

玲子は、葉子の顔を一目見て、安心したらしい。険しい表情が、少しだけ緩んだ。

「大丈夫そうだな？」

葉子が、ハイとうなずく。

「安心した」

「すみません、ご心配かけて。少し飲み過ぎちゃったみたいです」

玲子の瞳が、ほんの一瞬泳いだ。

「それは、どうかな。あの後、何があった？」

葉子は、何があったか思い出そうと、眉を寄せた。しかし、朦朧《もうろう》として、頭も痛い。

「それが、よく思い出せないんです。何か化け物を見て、宙が回ってた気はするんですが……」

玲子が視線を送ると、高橋警部補がうなずいて、話し始めた。

「今、先生と話して来ました。運び込まれたとき、脈拍が百を上回ってたと。頻脈《ひんみゃく》ですね」

「何だい、頻脈って？」

タミ子は、物識りだ。質問することは、珍しい。

「脈拍が、異様に速くなること。急性カンビナイト中毒の典型的な症状だ」

「アンモナイト中毒？」

タミ子が、首を捻る。

「カンビナイト！」

トオルが、叱責するように訂正した。

「脱法ハーブや、脱法ライスに含まれてる、麻薬成分だよ」

一瞬の沈黙。葉子は頭痛を忘れ、息を呑んだ。

玲子が、葉子の顔をのぞき込んでくる。

「たぶん飲み過ぎじゃない。尿検査の結果を見てからだが、恐らく脱法ライスの中毒だ」

「脱法ライス?!」

ここ最近、よく耳にする言葉だ。

「名前を聞いたことくらいはあると思うが、いま国内で流行《はや》りつつある新ドラッグだ。二十代の間で人気で、パーティや運転中に使われて、急速に事故が増えつつある」

「そんな、知りません。脱法ライスなんて、摂ったことない」

葉子は、両肩を手で抱きしめた。首が小刻みに左右に振れるのが、止まらない。

「たぶん、それと知らずに、口にしたんだろう。あの後、どこへ行った?」

葉子は、蒼穹を出てからのことを考えた。が、なかなか出てこない。どこかに寄ったのは、覚えているが、それがどこだったか……。

「もう一杯だけと思って、帰り途に寄り道しました。そう、あの神社の境内に、まだ夜店が一軒だけ出てたんです。純米酒を置いてて珍しいなって、それでお酒を一杯もらって……。そうだ、五平餅を一口」

「五平餅?」

玲子の眼が、鋭く光った。

「どんな味だった?」

葉子は、朦朧としている頭を絞った。

「甘辛い餡がかかってるのは普通で、そういえば、お餅の味がちょっと変わってたっけ……。確か、微かにウイキョウのような苦味を感じました」

「それだ! その夜店に違いないっ!」

玲子の目配せに応え、高橋警部補が脱兎のごとく部屋を飛び出して行った。

「たぶん、もうそこにはいないだろうが、何か手がかりの一つも残ってるかもしれない。すまない、気分が悪いところ。後は、明日。具合がよくなったら、調書を取らせてもらう」

タミ子が、大きくうなずいた。何かに気づいたらしい。細い目を、いっそう細めて、にやりと笑った。

「そうかい、そうかい。なるほどね。あんたの本業は、そっちの方だったんだ。脱法ライスの調査で、こっちに来てたんだ」

玲子は、肯定も否定もしなかった。ただ、口元が微かに緩んだ。

「脱法ライスは、稲に人為的にカンビナイトを作らせた改良種だ。遺伝子操作で改良している。何種かあるうち、今の主流は紫色のオシベをつけるディープパープル。籾裏も同じ色。実を食すと、極めて中毒性が高い。そして反収も高い。つまり儲かる。一見すると普通の稲で、見た目ではほとんど区別ができない。播磨市内で、かなり栽培されているようだが、この田んぼの波の中で、ディープパープルの稲を探すのは、砂漠で砂粒を探すのと一緒だ。木を隠すなら、森の中へ。育種家《タネヤ》は、極めて頭がいい」

「育種家？」

「遺伝子操作で、脱法ライス稲を作り出した張本人。名前も顔も、年齢性別も不明。一説によると中国系。それも本当かどうかは、わからん。このエリアに潜伏しているという噂があって、赴任して来たんだが。全く、尻尾を出さないどころか、影も踏ませない」

「今回の田んぼの脅迫に、そいつが関わってるってことかい？」

トオルが、珍しく真剣な眼差しをしている。

「どうかな。今のところ、何も関係は見えない。目立つ事件だから、ひょっとして何か関連でもあるかと、首を突っ込んでみたんだが。無駄足だったかも知れん」

玲子は、そう言いかけてから、葉子を見やった。

「いや、そうでもないか。被害にあったのは気の毒だが、今夜ちょっとした手掛かりにはなった。全くの無駄足ではなかったな」

「僕も仕事柄、脱法ライス栽培の噂は聞いたことがあります」

富井田課長だった。

皆の視線が、集まる。恥ずかしそうに、パツパツのパジャマの前を、無理矢理引っ張って、かき合わせた。

「他の稲と混植したりして、巧みに隠しているようです。正規の飯米や酒米も作って、売ってるので、脱法ライス米を闇で取引きされたら、絶対にわかりませんね。かなり高額で売買されてるので、手を染めてる農家は二桁じゃきかないという噂です」

「育種家の下で、栽培者をマネージメントする管理官《かんりかん》という輩《やから》もいる。規模が大きく組織的な犯罪なのだ……」

玲子と富井田課長のやりとりを聞くうち、徐々に葉子の意識は遠のき始めた。

ふと、境内で見かけた人影が頭に浮かんだ。太った男が、五平餅屋と話してた気がする。見たことのある男だったが、どこで見たのか。思い出せないまま、葉子は眠りに落ちていった。

## コラム② 日本酒造りの工程フロー

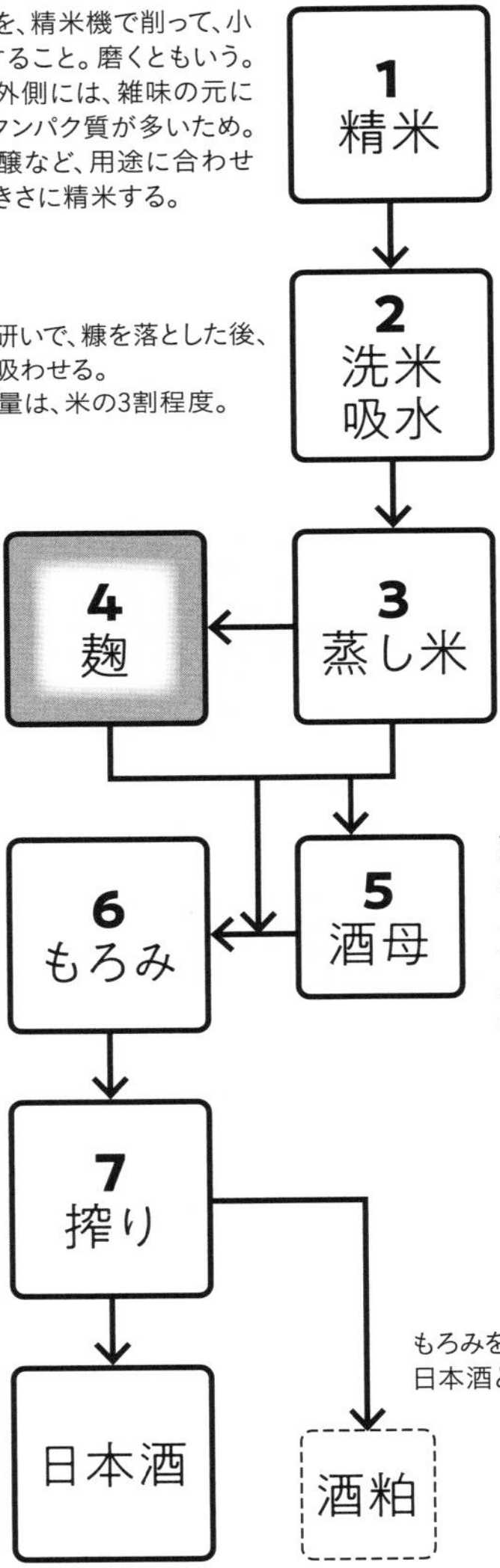


玄米を、精米機で削って、小さくすること。磨くともいう。米の外側には、雑味の元になるタンパク質が多いため。大吟醸など、用途に合わせた大きさに精米する。

米を研いで、糠を落とした後、水を吸わせる。
吸水量は、米の3割程度。

甑という蒸し米機を使って米を蒸すこと。1トンの米を、1時間かけて蒸すのが目安。

蒸し米に麹菌をふりかけ、麹カビを生やす。麹室という暖かい密室での作業で、二昼夜くらいかける。
日本酒の心臓部。

酛立てともいう。蒸し米と麹と水に、酵母を入れて、よく混ぜ合わせる。酵母が、2億個以上に増えるまで、2〜4週間。

酒母へ、三回にわけて、蒸し米と麹と水を加えたもの。三段仕込みといい、量が十倍以上に増える。もろみの発酵が進み、アルコール度数が15%以上に上がるまで2週間ほど。

もろみを漉して、
日本酒と酒粕にわけること。

この後、火入れなどを行う。

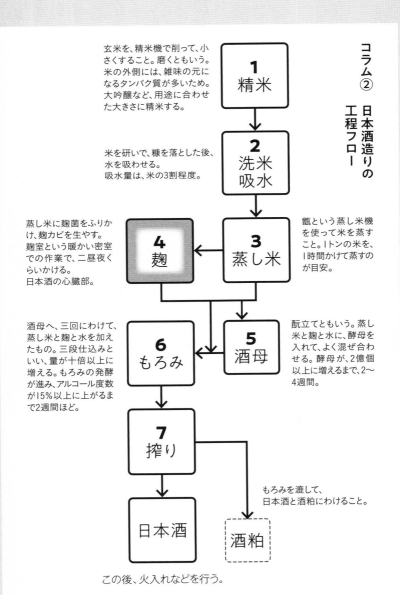

第三章　――秘儀《ひぎ》玉麹《たまこうじ》を伝える蔵――

## 十九

早朝の釜場《かまば》は、もうもうと白い蒸気が立ち込めていた。酒蔵の中に、霧が湧いているかのごとく。正面から射すスポットライトが乱反射し、眩く輝いて見えた。時折、天窓から射し込む外の光が、上下に走り、光の帯のよう。天窓には、淡い七色の虹もかかっている。ところによっては、綿飴くらい密度がありながら、ふっと薄れて、姿を消し、透明になる瞬間もある。

釜場の湯気の動きは、見ていて飽きなかった。どこか、情熱的な舞踏に似ている。

蒸気の中を、蔵人の影が動き回っている。その中には、ひと際目立つ影法師もあった。大きな影で、ダントツに動きが素早い。

玲子が、朝の蒸し米を見ているのは、単なる偶然だった。

五平餅屋の情報を聞くため、連絡を取ると、高橋警部補はすでに酒蔵に行ったという。それで烏丸酒造に直行した。着いたところ、酒蔵の中が騒がしい。のぞいて見ると、酒米を蒸し始めたところだったのだ。

酒蔵の朝は、早い。その朝一番の仕事が、蒸し米である。前日、洗米《せんまい》した酒米を、甑《こしき》で蒸し上げる。

**甑《こしき》で蒸す蒸し米**
直径2mほどの和釜の上に、甑が乗り、布が被っていると、人の背よりも高い。蒸気温度は、100℃を越す高温になる。

洗米場の隣が、釜場。米を蒸す場所だ。甑は、巨大な蒸籠《せいろ》、つまり蒸し器のこと。昨夜、葉子に説明は聞いてはいたが、百聞は一見にしかず。ただ、話を聞いていなかったら、素通りしていたのは、間違いがない。

蒸気を透かして、釜場の中央に大きな円筒が見える。あれが、甑らしい。直径二メートル以上あるだろう。巨大なホットケーキ、もしくはロケットの下段の輪切り、に似ている。その下には羽釜《はがま》。土間に半分埋まっている。釜場の土間は、大きく掘り下げられてるのだ。羽釜が生む蒸気が、甑の中の米を蒸し上げていく。総量一トン以上の酒米。

円柱の甑のてっぺんは、半円球のドーム状。平らに張った布のカバーが、蒸気の圧力でパンパンに膨らんでいる。

「どうだい、蒸し米ってのは？　なかなか、きれいだろ」

傍らの声に振り向くと、いつの間に現れたのか、タミ子が目を細くして笑っていた。

玲子の返事を待たずに、言葉を続ける。

「年寄りはねえ、朝が早いって相場は決まってるんだよ。うろうろしてたら、あんたの姿が目に入ったんでね。来てみたわけさ」

聞こうと思ったことを、先回りされ、玲子は思わず苦笑した。

「確かに。見事なものだな、つい見とれてしまった」

「だろ、あっはっはっは！」

タミ子の豪笑につられ、玲子の口元も、少しだけ緩んだ。

段々と、釜場の現場の動きが、慌ただしくなってきた。

「見ててご覧、そろそろ蒸し終わるから」

蒸し始めから、約一時間。火が落とされた。パンパンの半円球に膨らんでいたカバーは、一瞬で見る影も無く萎み、外される。円筒の縁の高さに組まれた台に白装束の蔵人が上がった。手には、スコップ。蔵人は全員、白い作業着の上下に、白長靴だ。

ベルトコンベヤー付きのすべり台のような装置が現れ、すべり台の上端が甑の縁近くに据え付けられる。

台上の蔵人が、スコップを天井近く高く振り上げると、勢いよく蒸し米に突き刺した。そして、スコップで切り出すように蒸し米を掘っていく。掘り出した蒸し米は、ベルトコンベヤーに乗せられ、広げられる。

作業を指揮しているのは、大入道だった。シルエットは、湯気の中に映った素早い影法師。作業の指示は、聞き取りやすく、安心する声だ。要所要所、必要があれば自分も作業に入っている。

「あのすべり台はね、連続式蒸米放冷機って言うんだ。蒸した米を冷ましてるんだよ。麹米にせよ、掛米にせよ。熱いままじゃ使えないんでね」

「酒造りでは、米を炊くのでなく、蒸すんだったな?」

「そう、水分量の問題でね。米を炊くより蒸す方が、でき上がりの水分量が少なくて、酒造りに向くのさ。炊くと水分過多で柔らかく、酒造りで溶け過ぎてしまう。酒造りに向いた、ちょうどいい具合ってのがあってね」

蒸し米の量は多く、全量掘り出すには、しばらく時間がかかりそうだ。そろそろ潮時と、玲子が甑に背を向けたとき、通路越しに、木製の観音扉が目に入った。

「!」

扉に見覚えが、あった。

「仕込み蔵だよ、殺された杜氏の見つかった」

タミ子は、玲子の顔を伺っている気配。面白がっているようだ。

その言葉に、うなずく。昨夕の捜査会議で見た写真通りだ。

「密室だったらしいな」

タミ子が、にんまりと笑った。顔じゅうの皺が、深くなる。

「見てみるかい?」

うなずいた。釜場を出て、通路へ。タミ子と並んで歩き出す。

正面の突き当たりが、仕込み蔵。入り口の扉は、観音開きで、押すと蔵の内側へと軽々と開いた。

蔵の中は、空調と除湿が効いていて、真冬並みに寒い。

仕込み蔵の中は、広く、天井が高い。小さな体育館ほどの広さに、人の背よりも高いステンレスタンクが、何本も整列している。

内側から見ると、観音扉の中央には、閂《かんぬき》がかかるよう、角棒を通す金具があった。新品の角棒が通してある。

「杜氏を引き上げるとき、この扉を開けるのに、古い角棒を切ったんだそうだ。そうしないと、ここ仕込み蔵に入れなかったらしい」

玲子は観音扉を閉め、閂に角棒を通した。すると、観音扉は押しても引いても、びくともしない。扉の立て付けが、かなりいい。角棒の長さは一メートルちょっと。片側の扉の幅より、少し短い。

玲子は、扉を閉めたまま、角棒を左右に動かしてみた。滑らかで力を入れなくても、スルスルと動く。

観音扉はピタリと閉じて、隙間も無い。扉の外側から、この閂をかける手段は思いつかなかった。

「ドローンじゃないかな」

トオルの声が、ガランとした蔵の中に響いた。玲子の自問自答が、聞こえたかのように。

玲子が振り向くと、いつの間にか、トオルがタミ子の背後に立っている。タミ子は、にこにこ笑っていた。

「ドローン？　屋内でか？」

トオルがうなずき、つかつかと扉に歩み寄った。角棒を片側に寄せ、扉が開く状態に戻す。そして、少し離れて立った。足下には、小型のドローン。巨大なクモのようだ。

本体は、トオルの手のひらほどの大きさ。四隅の上面に、プロペラ。下部には、カメラがついている。特徴的なのが、後付けの簡易突起。短い角材が、ドローン本体に固定してあった。どうやらトオルが、取り付けたらしい。

トオルが、ジャージのポケットからサングラスを取り出した。極めて横に細長く、レンズが分厚い。

「ウエアラブルのモニターでね。ドローンのカメラ映像が、サングラスの内面に映るんだ」

言いながら、トオルはサングラスをかけると、クルリとこちらに背を向けた。そして、サングラスにつながったドローンのコントローラーを操作し始める。

ドローンが、離床する。

ピッタリ閂の高さまで上昇し、その端へとドローンは、慎重に近づいて行った。閂の角棒の端部が、ドローンの突起で押せるところまで近づくと、今度は横へと移動する。

ドローンの突起が角棒に当たり、押し始める。ドローンの横移動と共に、角棒が横へとスライドしていく。

トオルは、ずっと背を向けたままだ。

角棒がスルスルと動き、閂が閉まると、ドローンはさっさと退避して、元の位置へ着床した。

観音扉は、もう開かない。その間、二分もかからなかった。

「ご覧の通りさ。事前に、何回か練習をしたはずだ。仕込み蔵内のドローンを、扉の向こう側から操作するのは、簡単だよ」

「その後、ドローンは？」

「たぶん」

タミ子が、高い天井を見上げる。玲子も、その視線を追った。

「天井近くの太梁の上にでも着床させておき、人気が無くなってから降ろして回収したか、そのときタンクに入っていたもろみに突っ込んで沈めたか」

「もろみに沈めるとどうなる？」

「ドローンは壊れて、その後残骸ごともろみが搾られる。残骸は、酒粕と混ざってたはずさ」

「あまり飲みたくないな、その搾った酒は」

「同感だね。くっくっく」

嬉しそうなタミ子と顔を見合わせ、二人笑った。それにしても、この老女将、得体が知れない。

## 二十

勝木は、朝一番に播磨署に顔を出し、すぐに烏丸酒造へと出向いた。

車から降りると、冷気が身体に染みる。朝の蔵の空気は、透明。冷たく澄み切って、結晶のようだ。

煙突から、白い煙が上がっていた。酒蔵は、とっくに目覚めている。

まずは、昨夜、人影がいた辺りを一周してみた。だが、特に怪しいものは、見当たらない。無理もないところと、酒蔵へ戻る小川を渡った途端、勝木は面喰った。

大の男二人が、蔵前の広場で取っ組み合っている。

二人の男のうち、一人は秀造の義父。昨夜、顔を合わせた老紳士。もう一人は、金髪の太った中年男。だらしなく、シャツの前をはだけている。

そそのかしたとか、囲い込んでるとか、騙されないとか、口汚く罵《ののし》り合っていた。

まりえと甲州屋の女将が、まわりを取り巻いている。止めたいが、手が出せないようだ。勝木は、二人をかき分け、前に進み出た。

「朝っぱらから、何を暑苦しいことやっとんのや。やめんか」

男たちを引き剥がすため、近づく。柔道五段、多少は腕に覚えがあった。

金髪の男の肩と襟に、後ろから手を掛けた。ちょうどそのとき、どこからか現れた巨漢が、同じように喧嘩相手を掴んだ。

阿吽《あうん》の呼吸で、同時に力を入れ、二人を引き離す。腰が砕け、仲良く二人で地面に尻をついた。

巨漢には、見覚えがなかった。ツルツルに剃り上げた頭、細く長く、吊り上がった目。静かな佇まいだが、相当に腕は立つ。こんな蔵人、いただろうか？

先方も、こちらの値踏みをしたらしい。どちらからともなく二人、ふっと笑った。

「天河酒店さん、心配ご無用。天狼星の酒は、一滴たりとも、この酒屋には卸しませんから」

大男はそう言うと、金髪の太っちょをポンっと立ち上がらせた。

「速水杜氏、すんません」

金髪が謝るのを聞き、勝木は昨夜の話し声を思い出した。確か、速水と呼びかけていた。そういえば、大男のシルエットは、昨夜見た人影に似ている。

男二人、揃って蔵の方へと歩み出しかけたが、足を止めると振り返った。

「もちろん燗用の純米酒も、あんたの店には出しませんけえ」

細い目をいっそう細くし、にんまりと笑った。

そこにいる全員に、軽い会釈を残し、立ち去って行く。甲州屋が、それに応えて頭を下げた。

やはり、蔵人らしい。

大男の後をついて歩くふとっちょが、心配そうに話しかけている。

「また、敵を増やしちゃいましたね。大丈夫ですか？　奈良の酒蔵も、訴訟起こしましたよ」

大男は、ガハハッと豪快に笑い飛ばした。金髪の酒屋を従え、酒蔵へと入って行く。

商売柄、勝木は訴訟という言葉が気になったが、その場は秀造の義父に歩き寄った。立ち上がるのに、手を貸そうとする。だが、その手を振り払われた。義父は、無言で事務所へと消えた。

「ひょーっ、びっくりしたっすなあ。なんの音かと思って出て見れば、大喧嘩だすから」

まりえが文字通り、つぶらな目をまん丸くしている。

「すみません。知り合いが、驚かしてしまいまして」

甲州屋の女将が、品良く頭を下げた。

「なんも、なんも。ところで、どなたさんだすか？」

「吉祥寺で酒屋をしている、甲州屋の甲斐今日子と申します」

「おら、賄いを作ってる、佐藤まりえだす。よろしぐお願いします」

今日子は、勝木にもやんわりと頭を下げた。仕草が上品だ。

「天河酒店さんは、私どもや、さっきの恵比寿商店さんが、烏丸酒造さまの取り扱いができるのが許せないようです」

「あー、わがる。わがる。あの人なら怒りそうだすな」

まりえが、うんうんとうなずいている。

「秀造さんが、蔵に戻り、今の酒を造り始めたとき。販売で一番世話になったのが、天河酒店の将さんだったと伺ってます。東京で、早くから手広く地酒屋をやってましたから」

将というのが、義父の名前らしい。天狼星ブランドを立ち上げるため、味はいいが無名の酒を、一生懸命売ってくれたのだと言う。当時の幻の地酒とセット販売して、広く味を知らしめた。

「そのかいあって、全国の酒販店さんと取引きできるようになりましたが、それが面白くないらしいのです」

どうも、天狼星を囲いこんで、自分と仲のいい酒屋だけで、売りたいのだと。それで、秀造と摩擦が起きているらしい。

「今、こちらの蔵は、米作りに力を入れてます。加えて、丁寧に仕込んで生産量を抑え、単価を上げていく方向性を模索されてますが、どうもそれが理解してもらえないようですわ」

今、売れている酒質でいいから、生産量を増やし、もっと売らせろということか。また、取引きを待ってる仲間の酒屋を差し置いて、臨時杜氏の酒のため、よその酒屋と取引きするのも、許せないらしい。

「長々と、らちも無い話をしゃべってすみません」

「なんとも、大変だすなあ。おら、庶民さ生まれで、幸せだす」

「私もですわ」

まりえと今日子が、顔を合わせて、ころころと笑った。

「朝ご飯の準備、私にも手伝わせてもらえませんか?」

「あいやーっ、悪いっすな。そりゃ、助かるっす」

まりえと今日子が、並んで炊事場へと歩き出す。それを見て、勝木は昨夜遅くの人影を思い起こした。

女は、やはり今日子だったろう。一緒にいた人影が、さっきの速水という大男。二人は、どういう関係だろうか?

臨時の捜査本部、烏丸酒造の応接室に入ると、高橋警部補が玲子に何か報告していた。

「五平餅屋が、見つかりました」

おはようの前に、いきなり五平餅屋の話題だ。話の様子から、どうも脱法ライスの売人だったらしい。

昨夜遅くに姿を晦ました屋台の五平餅売りは、今朝方、加古川下流で、土左衛門となって発見されていた。検死の結果、死因は溺死。やはり脱法ライスを食した痕跡があった。自分から川に入ったか、意図せず落ちたか。はたまた、落とされたのかは、不明だった。

「山田葉子さんの事故を考えると、タイミングとしては真っ黒です。間違って、素人に脱法五平餅を食べさせてしまい、口を封じられたんでしょう」

五平餅屋は、無害な米の餅と、脱法ライスを混ぜた餅、両方を売り分けていたらしい。暗喩を唱えることで、脱法ライス五平餅を入手できるというわけだ。そっちの価格は、もちろんバカ高い。それでも、引く手あまた。客は、途切れなかったのだ。

# 二十一

葉子は夢の中で、広間に並んだ甕を縫うように歩き回っていた。端が見えないほどの大広間に、無数の甕が縦横に並んでいる。胸の高さほどの甕の中身は、みな酒だ。

白装束を着た葉子は、ここ造酒司《みきのつかさ》に勤めている。律令制度の酒造りの役所。この甕での酒造り、甕の並んだ広間にいられるのが、葉子はとても楽しかった。

働き手は、姫だけでなく殿も。時折、酒の甕越し、殿方に手を握られることもあった。

「酒殿は　広し真広し　甕越しに　我がてな取りそ　然告げなくに」

古《いにしえ》の酒造りの歌を思い出すと同時に、葉子は目が覚めた。昨夜の気持ち悪さは収まっていたが、まだ頭が少しふらふらする。

病室の壁は灰色で、ちょっとくたびれて見えた。消毒薬の臭いが、漂っている。目覚めるのを待ってたかのように、看護師が現れた。検査のため、迎えに来たと言う。

診察室に連れて行かれ、採血と採尿をし、問診を受けた。

精密検査の結果がわかるのは後日だが、当面、経過観察が必要だと言う。

「知らぬこととは言え、脱法ライスを摂取したとすると、慢性中毒になる恐れもあります。その場合は継続して治療が必要になりますので、幻覚症状が出たら来て下さい。それで罪に問われることはないと思いますから」

医師は、若くてイケメンのくせに、顔に似合わず嫌なことを言う。

葉子は、どんより気分が重くなった。

それでも、退院の許可が出たので、個室に戻って着替えた。昨夜、タミ子が服を持ってきてくれたのが、ありがたい。

古びたロビーに降りると、天井は低い。壁には剥がれかけたポスターが、予防接種を呼び掛けている。しばらく待たされ、清算を済ませると、玄関を出た。

冷たい秋の空気に触れ、葉子は思わず両手で頬を抑えた。だが、新鮮な外気は心地良く、深呼吸してみると、少し気分が良くなった。

曇天。ただ、昨日と違って風雨は無い。

病院の正面には、タミ子とトオルが待っていてくれた。二人の後ろに、富井田課長。

「ヨーコさん、良かったねえ。安心したよ、何事も無く済んで」

「おかあさん、ありがとう。それから、トミータさん、昨夜は本当にありがとうございました。命の恩人です」

「命の恩人は、よして下さい。でも、本当何事もなくて、良かったです。安心しました」

富井田課長が、蔵まで送ってくれると言う。葉子は、その言葉に甘えることにした。

「トオルさん。田んぼの方は、どうなってるの？」

病院を走り出してすぐ、葉子は気になっていたことを尋ねた。

「現金は、ワカタさんが準備してくれたんだって、いつでも受け渡しできるって言ってたよ」

「ワカタって人も大したもんだねえ。ポンっと、五百万円準備しちゃうんだから。プロサッカーってのは、儲かるもんだ。今度、息子ができたら、サッカー選手にするかねえ」

「今度って、なんだよ。今度って。今更できるわけないだろ」

「もちろん、孫でもいいさ」

「トオルさん、ご結婚はされてるんですか？　聞きましたよ。お店、スゴイ人気店だそうじゃないですか。お客さんに、モテて困ってるんじゃないですか？」

運転席から、富井田課長の明るい声が、問うて来た。

「それがねえ。全然なんだよ。そういうことには、全く甲斐性がなくてねえ。困ったもんだ。どっかにいい人いないかねえ？」

「おかあさん、そうなんですか。なんと、もったいない。わかりました、僕が探しておきます。トオルさん、どんな女性が好みですか？」

「いいですよ。お構いなく。自分で探しますから」

「自分で探せないから、トミータさんが言ってくれてるんだろう。何、カッコつけてんだい。そういう了見だから、いつまで経っても一人なんだろう」

「いや、何言ってんだよ。そんなわけないだろ。おっ！」

一瞬、トオルは言葉をやめ、車の前方を指さした。

「おおっ、アイスクリーム屋じゃん！　トミータさん、ちょっと停まってもらっていい？」

ロードサイドに、チェーン店のアイスクリーム屋が、見えている。

気づけば、とっくに街中を抜け、田園地帯に差し掛かっていた。田んぼのど真ん中に、ぽつんと、カラフルな店が建っている。

「食べて行こうよ。昨日から欲しかったんだよね。もう秋なのに、まだ暑いしさ」

「何をまた、子供みたいなことを。話の都合が悪くなると、すぐこれだ」

「いやいや、おかあさん。ちょうどいいですよ、ちょっと寄ってきましょう。ヨーコさんも、どうですか?」

「あっ、あたしはいいです。甘い物苦手なんで。でも、お店見るのは好き! 寄ってくの賛成!」

曇り空の切れ目から射す秋の陽差しは、意外に強い。アイスクリーム日和にはほど遠いが、気温は上がり始めているようだ。

「トミータさん、いらっしゃいませ。毎度、ご利用ありがとうございます」

店に入ると、明るいアルバイトの声で迎えられた。富井田課長は常連扱い。店員と、顔見知りらしい。

「いや、僕が買うんじゃないからね。この人がね、アイス食べたいって言うから」

「何、取り繕《つくろ》ってるんすか。アイス買うのに恥ずかしがることないでしょ」

トオルが、トンっと富井田課長の肩を叩いた。

「いや、そうじゃなくてですね。本当に僕は、アイスはいいです」

「どう見ても、常連客のくせに。アイス買わないで何買うんですか?」

「トミータさんは、ドライアイスをお求めにいらっしゃるんですよ」

女性店員が、助け舟を出してくれた。富井田課長が頭を掻きながら、言い訳を始める。

「商売柄、玄米の冷温貯蔵に必要になるんで、時々買いに寄るんです」

「なあんだ。ホントにアイス食べないんだ」

トオルが、がっかりしてぼやくのをよそに、タミ子は我関せずとショーケースの中をのぞき込んでいる。

「あたしはね、定番だって言われるかもしれないけど、バニラが好きでね。ラムレーズンと、二段でお願いするよ」

「トオルさんは？」

「トリプルなら、なんでも」

「こいつはね。本当は、アイスより氷の方が好きなんだ。ガリガリした氷菓子が、いいんだけど、ここにはないからねえ。同じのを、二つお願いね」

「おっかあ、いいよ。いらない。そんなには食えないよ」

「何言ってんだい、お前にじゃないよ。トミータさんに差し上げるのさ。ガツガツしてんじゃないよ」

「いや、僕は本当にアイスは、いいですから」

「いいから、いいから」

アイスクリームを受け取って、店の外に出た瞬間、目の前に赤い自転車が停まった。

「こんにちは」

明るく、女の子の声がかかる。

見れば、自転車に乗った農業女子が笑っている。昨日、秀造にからんでいた松原という男の妹だった。二十代半ばくらいだろうか、かなりのショートカットに、動きやすい農作業着の上下。健康的で、好感を持てるタイプだ。

「文子ちゃん、アイス食べる?」

富井田課長が、三段のアイスクリームを差し出した。

「トミータさん、なんでアイスを? 甘い物、嫌いなくせに」

文子は、さっと手を伸ばして受け取ると、笑って言った。そして、葉子たちにペコリと頭を下げる。

「昨日は、本当にすみません。うちの兄がご迷惑かけて。なんと言っていいか。妹として、恥ずかしいです」

いきなり、葉子の目が眩《くら》んだ。頭が、ふらふらし始める。

「僕からも、お詫びさせてください。農政関係者として、監督不行き届きでした」

富井田課長の声が、遠くから響くこだまのように感じられた。背筋をピンと伸ばし、礼儀正しく頭を下げているが、自分の目のピントが定まらない。

「自分とこの田んぼの世話もせず、遊んでばかり。来週の稲刈りは、文子ちゃんの小さな肩一つに、かかってるんです」

「何、謝ってんだい。あんたらが悪いことなんて何もないんだから。気にする必要なんてないよ」

タミ子が、器用にアイスを舐めながら笑った。

トオルが、二段目のアイスに取り掛かりながら、首をグルっと回して見せる。

「なんでここだけ、アイスクリーム屋になってるの? まわりは、全部田んぼなのに」

望遠鏡を逆さにのぞいたみたいだ。トオルの姿が、遠くに小さく見えるように感じる。アイスクリームを舐め回しながら、何が珍しいのか、キョロキョロと辺りを見回していた。

アイスクリーム屋の道路に面していない三方は、田んぼだった。周囲の田んぼは、ずっと先まで続き、道路を挟んだ反対側もずっと田んぼが続く。

チリンっと、自転車のベルが鳴る。

葉子の目の眩みは、ますますひどくなった。立ってられないくらい。「幻覚症状が出たら、来て下さい」若い医師の言葉が、頭をよぎる。

文子の声にまでエコーがかかり、耳の中に響いた。

「一昨年まで、ここも田んぼでした。水利も水はけもいい、ちょっと羨ましくなるような」

彼女が、富井田課長の顔を見ると、うなずいて話を引き取った。

「トオルさん、ヨーコさん。減反でなくても、田んぼは減っていきます」

アイスクリーム屋の敷地は、ぐるぐる回って止まらない。どうやら、半反くらいはありそうだ。

「ここは、元は第一種農地だったんです。国の補助金をいっぱい注ぎ込んで、整備した。良好な営農条件を備えた農地です。本来、アイスクリーム屋をやっていい土地じゃないんですよ」

「第一種農地は、基本的には転用が禁止されてるんです」

文子は、口を尖らせている。

「全然、転用しちゃダメなんですか?」

「トオルさん、公共性の高い事業だったらオッケーです」

「アイスクリーム屋は、公共性高いんだ。ふーん」

小さくなったアイスを、大事そうに舐めながら、トオルが呟く。

「馬鹿だね、あんたは。アイスクリームの公共性が、高いわけないだろ。なんかズルしてるって、トミータさんは言いたいんだよ」

おかあさんが、トオルを小突くのも、スローモーションに見える。だが眩暈《めまい》は、ようやくヤマを越えてきたようだ。

「そうなんです、本来転用できないはずの農地が、バンバン転用されてます。農地を高く売りたい農家と、便利な土地に出店したい店の利害が一致すると、魔法が起こるんです」

「魔法かぁ」

トオルの声が、ようやく普通に聞こえてくる。

「蛇《じゃ》の道は、へび。農地専門の用地転用ブローカーがいて、高額で請け負ってます。もうすぐ、この先にも大手のコンビニができます。便利になるって、地元の人は皆喜んでますが、地域が便利になる一方、田んぼは減っていく。困ったもんですよ」

苦々しく説明する富井田課長の声を聞きながら、葉子は、昨夜の神社の境内の様子を、ハッキリと思い出してきていた。

五平餅屋にいた、もう一人の客。脱法ライス五平餅を食べていた太った男。

あの中毒者は、文子の兄。松原拓郎だった。

# 二十二

烏丸酒造に戻った直後、葉子は思いがけない大男と、再会した。玲子に、松原拓郎を見たことを報告して、すぐのこと。

つるつる頭に、ぶ厚い胸板、太い腕。細く長く吊り上がった目は、キリリと眼光鋭い。

「たこ焼き屋さん！」

昨夜、境内にいた、たこ焼き屋だ。酒蔵前の広場に立ち、秀造、桜井会長と三人で、立ち話している。

葉子は、驚いて駆け寄った。

「あれーっ？　こんなとこで、何してるんですか？」

大男の方も葉子を見て、一瞬目を丸くしたが、すぐに笑い出した。

「わっはっは。なんと、昨日のお嬢さんじゃ。お買い上げ、ありがとうございました」

呆気に取られた秀造が、二人の顔を交互に見回す。

「たこ焼き屋？　ヨーコさん、何言ってるの。この人、新しい杜氏だよ」

「杜氏？　嘘っ！　この人が？　新しい杜氏なんですか？　えーっ、信じらんない。昨日は、境内でたこ焼き焼いてましたよ。この人」

「あれは、趣味なんじゃ。昨日が、今シーズン最後の休みだったんで、頼んで焼かせてもらってた」

横で、秀造がこくこくとうなずいている。

「すごーい、伝説の杜氏って、たこ焼き屋さんのことだったんだ！　こりゃ驚いた」

「何なに？　あんた、たこ焼きも焼くのかい？」

富井田課長の車を見送ったタミ子たちが、合流して来る。

「あんた、さっき蒸し米を指示してたろ。その身体は目立つねえ、すぐわかったよ」

「カッコイイなあ。流離《さすら》いの名人杜氏を、この目で拝めるなんて」

タミ子とトオルも加わって、杜氏に挨拶が始まる。

「ヨーコさん、お疲れでなければ、新杜氏にお願いしてる蔵見学、いかがです？」

「やったー！　よろしくお願いします。桜井会長も一緒ですか？」

秀造がうなずくのを見て、葉子はつけ加えた。

「もう一人、玲子警視も誘っちゃダメですか？」

「向こうがいいと言うなら、うちはかまいません」

「わーい、やったぁ！」

葉子は、思わずバンザイした。

二十三

蔵見学というものが、あるという。工場見学の酒蔵バージョンだ。

玲子は、葉子に誘われ、好意に甘えることにした。

昨日、初めて日本酒をうまいと思い、少しだが興味が持てたからだ。朝、見た蒸し米も面白かった。案内役は、速水杜氏。背が高く、筋肉質の分厚い胸板。プロレスラーのようなガッチリした体型だ。見覚えある姿は、蒸し米を指示していた大男だった。純白の作業衣を纏い、剃り上げた頭に、手ぬぐいを巻いている。目は細く長く、つり上がって鋭い。

同じ身なりで従っている若い男は、副杜氏の大野だろう。背がひょろ高く、いがぐり頭。杜氏の横に立つと、ひ弱そうに見える。

まず最初に、朝食で納豆を食べていないことの確認。食べていたら、見学はお断りだと言う。次に、両手を石鹸で洗い、アルコールで除菌消毒。そして、頭に白いネット帽、靴にはカバーを被せたうえ、紙製の白衣を着る。全部、使い捨てだ。

見学メンバーは、桜井会長に、タミ子とトオルの親子、そして葉子と玲子の五人。

「準備完了!」

葉子が、かけ声をかける。

昨夜、大変な目に遭っているのに、もういつも通り。いや、それ以上に元気だ。

速水杜氏が、葉子の言葉にうなずいた。一歩前に出て両手を腰にあて、鋭い眼光で一同を見回す。

「酒造りの原料は、米と米麹と水。それだけなんじゃ。最初に、米を蒸す。次に、米麹を作る。そして、それらに水を混ぜて発酵させる。基本はそれだけじゃけ」

速水杜氏が、ぶっきら棒に説明を始めた。声は、大きい。

「米を蒸して、麹を作って、発酵させる。三つで酒ができるのか?」

「あんた、理解が早いな。簡単に言うとそうなんだわ。米を蒸すのは、火を通すこと。麹を作るのは、甘くすること。発酵させるのは、アルコールを造ること」

玲子の質問に、速水杜氏の表情がゆるんだ。少しだけ、言葉が丁寧になる。

「ただ、米を蒸す前にやることがある。精米じゃ」

「精米？」

「米を磨いて、白くする作業のことよ。外側を四割磨けば、純米吟醸酒。半分以上磨けば、純米大吟醸酒になるんじゃけ」

「米を磨くとは、どういうことだ？　宝石を磨くようなものか？」

玲子の質問に、速水杜氏が一瞬きょとんとした。目を丸くしたところは、意外とかわいい。だがすぐに、目を細め、苦笑いを浮かべた。

「ああ、申し訳ない。米を磨くっていうのは、削るってことじゃ」

烏丸酒造には、酒蔵の裏手に、精米所があった。そこに置いてある精米機で、玄米を削って、小さくする。それが、精米。精米機の中では砥石が回っていて、そこに米を擦りつけて、外側を削る。

玄米を一割削って、九割を食べるのが、家庭のご飯。米を酒にするには、それでは全然足りない。低価格の酒でも、外側三割を削り落とす。大吟醸酒の場合は、半分以上削らないとダメだという。それには丸三日以上も、時間がかかるらしい。

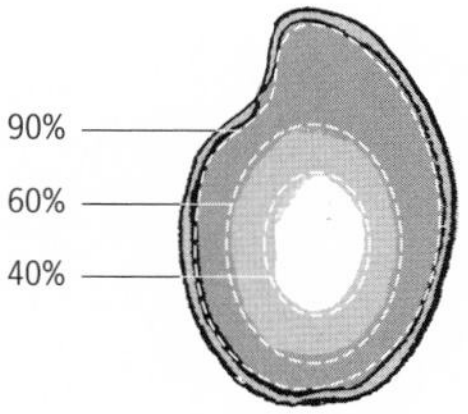


**精米歩合**
玄米が100%。外側を10%削ると、
90%精米に。

「もったいない！　なぜ、そんなに小さくしなくてはならんのだ？」

桜井会長が、さっとこちらに振り向いた。感じの良い笑顔を、浮かべている。

「米っていうのは、ほとんどがデンプンなんです。でも、外側にいくほど、少しだけタンパク質や脂質がある。食べるご飯は、これらの成分が旨味なんですけど、酒は違うんですよ。雑味の元に、なるんです。そこで、その雑味を除いて、きれいな味の吟醸酒にするため、米をわざわざ小さく削るんです」

「さすが！　桜井会長。わかりやすい」

速水杜氏が、大きく手を叩いて、褒め称えた。

「なるほど、すると玄米から削り落とした分が、糠だな。酒蔵でも、糠漬けを作るのか？」

玲子の問いに、次は大野副杜氏が答えてくれた。

「はい。米のいちばん外側を削ったのが赤糠。これは、糠漬けの素になります。次に中糠、それから白糠、最も内側が上白糠。この辺りの糠は、お菓子やお煎餅になりますね。よその蔵では、家畜の餌になるところもあります」

「半分以上が、豚の餌とは！　もったいない話だな」

速水杜氏が、近くにあった一升瓶を、恭しく持ち上げた。

「それだけ、もったいない贅沢なことをするから、この純米大吟醸は、ここまで爽やかで、優雅な香りと味になるんけんのぉ」

酒米が、精米され、洗米され、蒸し米されて、ようやく酒造りのスタートライン。ワインでいうところのブドウの収穫にあたる。酒造りの道のりは、なかなか遠い。

二十四

勝木の想像通り、まりえは料理上手だった。賄い飯は、絶品。冷めても、うまい。

仮捜査本部のレトロな応接セットに向かい、勝木は遅い朝食を食べていた。

窓から射す青い午前の光が、テーブルの上に揺ら揺らと淡い影を映し出す。

ご飯に味噌汁、野菜の煮付けに干物。田舎《いなか》らしい甘めの味付けは、朝飯前にひと働きする蔵人のためだろう。身体を動かした後は、甘い物を摂りたくなる。

夜の間に、仕事が溜まっていた。いくつか届いた報告を確認したが、特に有力なものは、無い。それらを片付けた後の、遅めの朝食だった。

食べ終えて、賄い飯の膳を下げに行こうと、立ち上がりかけた矢先、まりえが部屋に入ってきた。

「うっひょー！　勝木さん、きれいに食べてくれてるっすなあ。ありがどうさんです」

「礼を言わなあかんのは、こっちの方や。すっごいおいしかったですわ」

勝木は、空になった食器を差し出した。まりえが、ありがたそうに受け取る。

「お取り込みのところ、申し訳ない」

言葉と裏腹、ズカズカ部屋に入って来たのは、天河酒店の黒木将だった。何やら腹に据えかねている様子だ。入れ替わり、まりえが食器を下げていった。

「刑事さん、あの速水という男を告訴したいんだが」

「告訴とは、また穏やかやありませんなあ」

「今朝方、見てもらったように、この蔵の前であの男に小突かれて、擦り傷を負った」

なるほど、腕に包帯を巻いている。ただ、本当に擦り傷があるかどうかは、包帯を取ってみないとわからない。

「それはな確かに、今朝方、少々手荒い扱い目に遭うたのはわかる。けど、あんたら二人が取っ組みあってたからやろ」

むっとして、一瞬黙り込んだ。だが、すぐにいっそう口調を荒らげ、言葉を続けた。

「それだけではない。あの大男、昨夜遅く怪しい行動をしてた」

「何が、怪しいと？」

「甲州屋の女将と、密談しとった。叩けば、きっと埃が出る」

「ほう？」

「間違いなく、田んぼに毒をまいた一味だろう。あの女は、実家の酒蔵が潰れたのを、烏丸酒造のせいだと、逆恨みしてる。杜氏も、そんな女と夜中に会っているのは、怪しい。きっと後ろ暗いことがあって、田んぼの脅迫に加担してるに違いない」

勝木は、腕組みし、昨夜の人影を思い返した。沈黙を、否定と受け取ったのか、黒木は、いっそう言葉に力を込めて来た。

「奈良の酒蔵に訴えられてるのは、ご存知か？　今季の酒造りを任されていたのに、ほっぽり出して、この蔵へ来たのだ。違約金は払ったものの、それだけでは足りんらしい」

朝、金髪の酒屋が言っていた訴訟の意味がわかり、勝木は無言でうなずいた。

「そうまでして、この蔵に来るからには、きっと何か目的がある。あの男が、この蔵に来たのと合わせて脅迫が始まってるのも、偶然の一致とは思えん。絶対、何か示し合わせてる。ここへの恨みを晴らすつもりなのだ」

この男の話は、想像だけ。何も、証拠は無い。

「断片的にだが、あの二人の話も聞いた」

「話を、聞いたやと？」

「ああ見えて、あの女。二人きりのときは、杜氏を速水と呼び捨てだ。加えて、田んぼを刈るとか、割が合わないと思うとか」

勝木は、昨夜遅く、蔵の外で聞いた会話を思い返した。確かに、そんな風に聞こえた気はするが、はっきりとは思い出せなかった。

「天津風に毒をまき、次は田んぼを刈ってしまう。烏丸酒造に嫌がらせし、損害を与えるのが目的なのだ。きっと。身代金も嫌がらせで、受け取る気なんかないに違いない」

ひとしきり、喋りまくった黒木将が去った後、勝木は考えを巡らせた。

昨朝、烏丸酒造にたかりに来たのが、農家の松原拓郎。その後、脱法ライスの五平餅屋と一緒にいるところを、葉子に目撃されている。前後の状況から見て、恐らく脱法ライス中毒者だろう。

五平餅屋は、死体で発見されたが、松原拓郎は行方不明だった。道路の検問に掛からず、駅に現れた形跡もない。この近辺に潜伏しているとみて、おそらく間違い無いだろう。

葉子の話からすると、そのとき神社の境内で、速水杜氏がたこ焼きを焼いていた。そこには、今日子もいたらしい。偶然の一致かもしれないが、勝木も昨夜目撃したことが気にはなっていた。手が空き次第、二人から事情を聞いてみようと、勝木は決めた。

## 二十五

麹室《こうじむろ》は、どこか洞窟に似ていた。白い壁面にあいた、小扉の付いた洞窟。

精米の次に洗米、そして蒸し米まで終わると、いよいよ酒造りが本番を迎える。まずは、蒸し米を冷ましての麹作りだ。酒蔵見学が進むうち、玲子にも大まかな酒造りの流れはわかってきていた。

麹室は、通路をはさんで、釜場の反対側にあった。別名、酒蔵の心臓部。

開放的で、広々した空間の多い酒蔵にあって、ここは極端に閉鎖的だ。白く分厚い漆喰塗りの壁には、窓一つ無い。入り口のドアは一つだけ。背が低くぶ厚い断熱扉。大きな門のような取っ手が付いていた。冷凍室の入り口の扉に、よく似ている。

**麹室の扉**
麹室は壁が厚く、中は天井低く、窓はない。
保温性優れた密閉空間で、麹は作られる。

「ここからが、麹作り。蒸し米は、約二割が麹になり、八割はそのまま使う。それで、この麹室が、麹を作る専用の部屋なんじゃ。がっはっはっは」

速水杜氏が、麹室のドア前に仁王立ちになり、大声で笑った。

「玲子さん、麹はご存知ですか?」

葉子は、気遣ってくれているらしい。玲子は、こくりとうなずいた。

「スーパーで、見たことがある。真っ白い綿に包まれた板みたいな物だろう」

それを聞いた速水杜氏が、にやりと笑った。細くつり上がった目が、キラリと光る。

「麹っちゅうのはな。言ってみれば、蒸し米にカビが生えたもんじゃけ」

「それは、汚い。身体に悪そうだ」

「カビにも、いいのと悪いのがある。チーズにも、青カビが生えてうまいのがあるように」

「なるほど。確かに、抗生物質を作るのは、いいカビだな」

「いいカビは、人間にすごく役立ってる。麹カビの菌も、役に立つから、日本の国菌だと呼ぶ発酵学者もいる」

たかがカビ、されどカビ、らしい。

「麹を作るには、蒸し米に麹カビの菌を、振りかける。すると蒸し米の表面に、白いカビが生えるんじゃや。白いカビが、蒸し米の表面全面に生えてるのが、総破精《そうはぜ》。表面の一部にだけ生え、米の中にカビが食い込んで生えるのが、突《つ》き破精《はぜ》じゃ」

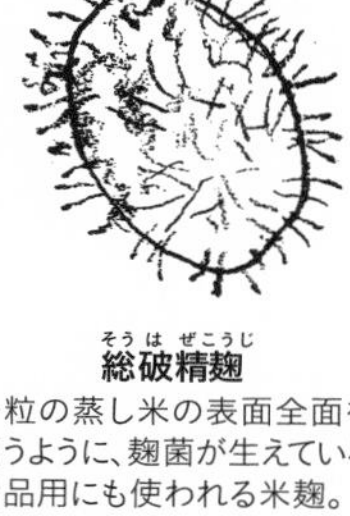

**総破精麹《そうはぜこうじ》**
一粒の蒸し米の表面全面を覆うように、麹菌が生えている。食品用にも使われる米麹。

「スーパーで売ってる真っ白いカビの塊は、総破精ということか」

「その通り。ただ、あれは味噌用じゃ。日本酒造りの総破精は、あそこまで菌糸は生えん。ましてや、突き破精の菌糸は、ほんのちょびっとだけよ。米の表面には、少しだけ白い綿みたいのがついとるくらいじゃ」

「シャイなんだな、突き破精は」

「シャイ？　ぶぁっはっはっは。シャイか、うまいことを言う」

何がおかしいのか、玲子の言葉に大男は大笑いした。やがて笑いが収まると、麹室の扉の取っ手に手をかけた。

「それじゃ、麹室《こうじむろ》の中を案内しよう」

速水杜氏に続き、分厚い断熱扉を開けて、麹室の中に入る。

入ると、ムッとするほど蒸し暑い。寒さに震える酒蔵の中とは、別世界だ。

中は土足厳禁、入り口で上履きへと履き替えた。麹室の中は、手前の床室、中央の棚室などに区切られている。いずれも窓一つ無く、天井は低い。背の高い速水杜氏は、頭がつっかえそうだ。壁と床は、すべて柾目の杉板貼り。壁には、分厚い断熱材が入っている。

壁にかけてある温度計を見ると、三十度を越えていた。

速水杜氏は、玲子の視線に気づいたらしい。

「カビじゃから。暖かいのが好きなんじゃ。麹菌は、このくらいの温度が、繁殖しやすい」

床室は、十畳ほどの広さ。中央に、二畳くらいの広さの台が置いてあり、真っ白く清潔な布が掛け

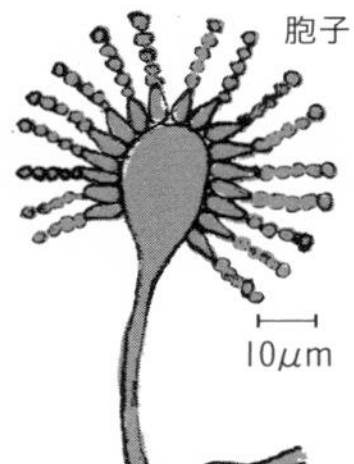

**麹菌**
**アスペルギルス　オリゼ**
(Aspergillus oryzae)
白色半透明で、米麹の表面に生えると、綿毛のように、光って見える。

てある。その上には、台いっぱいに蒸し米が広げてあった。厚みは、薄い。

「蒸し米を広げて冷まし、麹菌が繁殖できるくらいの温度に下がったら、麹菌をかける。これを種切《たねき》りと言うんじゃ。これがそのカビの菌じゃ。モヤシとも言う」

杜氏が、手にしたビーカーを差し出した。中には、黄緑色の微細な粉が入っている。ビーカーを揺すると、中で煙のように粉が舞った。

杜氏が、ビーカーの口にガーゼを当てて、輪ゴムで止める。そして、ひっくり返して見せた。ガーゼを通り抜けて、緑の粉が宙に舞った。

速水杜氏が、台上に広げた蒸し米の上に、緑色の粉、麹菌を振りかける。

「蒸し米に、この麹菌をムラなくかけられる。それが、速水杜氏の腕の凄さなんです」

大野副杜氏の言葉に、麹室の中で、感嘆の息がもれた。

麹菌を蒸し米にかけ終えると、蒸し米を台の真ん中で、山盛りにまとめた。そして、白い布で包《くる》む。巨大なおにぎりの布巻きに見える。

「こうしておくと、中の温度が上がります。蒸し米についた麹菌が、米の養分を食べて繁殖するんです」

大野副杜氏が、一同を隣の棚室へと、案内する。

「さっきの麹は、あくる日、こちらの部屋へと移します。布を開いてから、小分けし、小さな箱に入れ替えるんです」

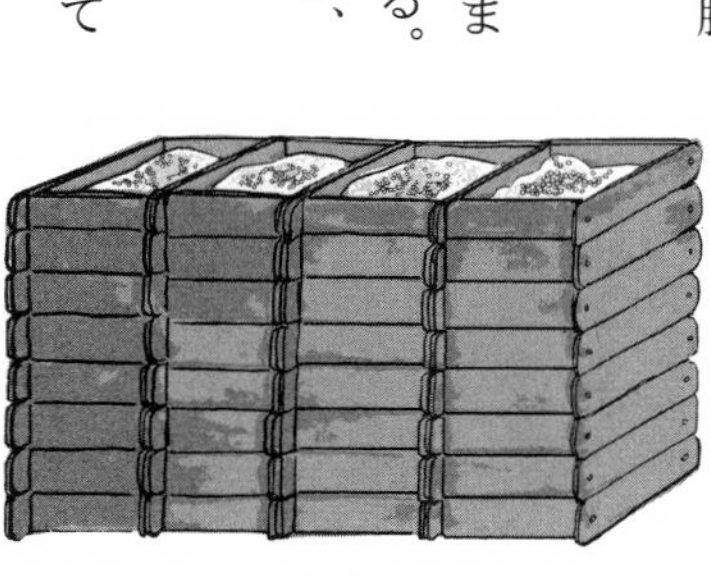

**蓋麹《ふたこうじ》**
麹蓋と呼ぶ、杉の箱を使った麹作り。何段もの箱の上下を、入れ替える。手間をかけた、質の高い麹作り。

棚室では、壁際の台の上に、麹が入った木の箱が、積み重ねて置いてあった。

速水杜氏が、積んである箱のうちの一つを開けた。

「見てみい」

箱をのぞいて見ると、丸く真っ白い粒でいっぱいだった。白い粒は、表面滑らか。半ば透き通り、白濁しているところもある。よく見ると、表面ところどころに、白い綿毛が生え、キラキラ光っている。

「これが突《つ》き破精《はぜ》麹《こうじ》じゃけ」

「すっごい、きれいですねえ！」

葉子が、目を輝かせ、はしゃいでいる。

「この綿毛みたいなのが、麹菌の菌糸。蒸し米に振りかけた麹菌が、米の中へ中へと食い込み、育つようにする。それで、突き破精になるんじゃ」

「こんなに綿毛が少なくても、大丈夫なんですか？」

「少ないどころか、ちょうどええんじゃ。麹の酵素が、米を溶かすんじゃが、いっぺんに溶けると、酒の味が濃くなりすぎるんでな」

葉子は杜氏の言葉にうなずくと、玲子に向き直った。

「アルコールって、糖分が発酵してできるんです。ワインだとブドウの甘みが、酵母の力でアルコールになります」

アルコール発酵の原理について、説明したいらしい。たぶん自分の方が詳しいだろうと思いながらも、玲子は黙って説明を聞いた。

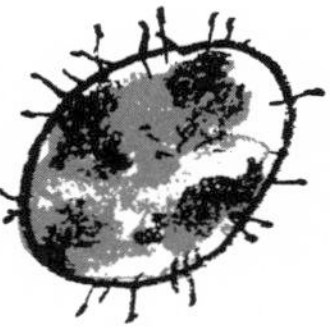

**突《つ》き破精《はぜ》麹《こうじ》**
一粒の蒸し米の表面、ところどころに麹菌が生えている。吟醸酒造り用、手間をかけた米麹。

「でもお米は、蒸しても炊いても、そのままでは甘くない。デンプンだから。でも、デンプンって実は、糖分の塊なんです。だから、ご飯もよく噛んでると甘くなる。唾液に入ってる糖化酵素のおかげなんですよ」

葉子は、麹の入った箱を手にし、玲子に示しながら話を続ける。

「麹が大事なのは、糖化酵素があるからなんです。酵素の力で米が甘くなり、できた糖分が酵母の力で発酵するとアルコールになるんですね。麹の糖化と、酵母の発酵、両方ないと酒にならない。これを並行複発酵《へいこうふくはっこう》って呼びます」

パチパチと、速水杜氏が拍手した。

「ねえちゃん、さすがじゃな。百点満点の説明だわ」

「やったー。杜氏に褒められた！」

葉子が、にこやかに笑って喜んだ。

「ついでに言うと。この蔵の麹には、秘密があってな」

速水杜氏の言葉に、桜井会長がハッと聞き耳を立てた。

「秘密？　玉麹ですか？」

「そうです。桜井会長」

杜氏が、重々しくうなずいた。

「魔法とも言える」

言い終わるや否や、目の前にグッと拳骨を差し出し、掌を開いた。米粒が載っている。どこかに、隠

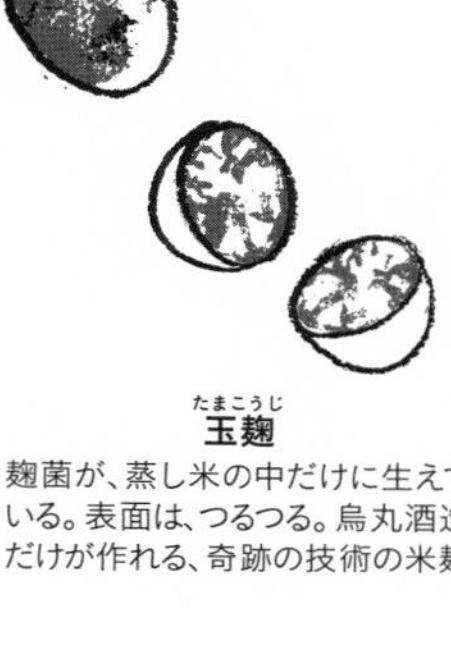

**玉麹《たまこうじ》**
麹菌が、蒸し米の中だけに生えている。表面は、つるつる。烏丸酒造だけが作れる、奇跡の技術の米麹。

し持っていたらしい。手品のようだ。

「三十五パーセント精米の山田錦で作った米麹じゃ」

真珠のように艶々光った山田錦は、真円に近い球だ。

じっと見るうちに、玲子にも足りない物があるのがわかった。

「産毛が生えてない？」

「信じられんじゃろ」

速水杜氏が、米粒を載せた手と手を叩いた。

見るように促され、のぞき込むと、粒が割れている。

よくよく見ると、中心部には綿のような白い産毛が生えている。

「どういうことなんですか？　なんで、外にはいないのに、真ん中にだけ麹菌が？」

「秘伝玉麹、ありえんことじゃ」

葉子や、タミ子とトオル、桜井会長も驚いているが、玲子には何が凄いのか、さっぱりわからなかった。

「その玉麹とやら、何がそんなに凄いのだ？」

速水杜氏が、掌の上に、突き破精麹と玉麹を並べて見せた。

「いいか？　蒸し米全体が白い綿に覆われてるのが、総破精麹。スーパーでも、売ってる麹じゃ。次に、蒸し米の表面の一部分だけ、白い綿がくっついている突き破精。今、この麹室で作ってる麹じゃ。これは、蒸し米の表面についた麹菌が、蒸し米の中へ中へと育っていくので、表面よりも米の中に麹菌が多くなる。そして」

速水杜氏に促され、玉麹と突き破精麹を見比べた。突き破精麹は、ところどころ、ぽつぽつと真っ白い綿毛がついているが、玉麹には外側に、全く綿毛がついていない。一見すると、ただの蒸し米のようだ。

「麹菌は、さっきのように蒸し米の外側にまく、そして表面から中へと、繁殖していくんじゃ。ところが、玉麹は、蒸し米の外側に一切、麹菌がついていない。なのに、中には麹菌が繁殖している。いったいどうやって、米の外に菌をつけずに、米の中にだけ菌をつけてるのか。全く見当がつかないんじゃ」

杜氏が、頭を左右に振った。玉麹を目の当たりにしても、信じられないらしい。

玉麹というだけあって、外観は玉のようにつるつるとした麹だ。

玲子にも、凄さの片鱗が少しだけわかってきた。

「どうやってるのかは、わからんが。蒸し米の外側に種麹を振ってるのに、米の中にだけ繁殖させてる。凄い技術じゃ」

「うまいのか？　この麹で造った酒は」

速水杜氏が、恭《うやうや》しくうなずいた。

「清々しく、きれいな甘味があり、雑味が一切無い。一口含むと、夢となく、現《うつつ》となく、前後忘却してしまううまさよ」

「でも、誰が、この麹を？」

「決まってるじゃろ。ここの蔵元じゃ」

「秀造さんが？」

葉子が、目を丸くした。かなり、意外そうだ。

「一子相伝。代々、ここ蔵元にだけ伝わってきた秘技じゃ」

「一子相伝の秘技……」

その場の全員が、黙り込んだ。

「速水杜氏は、凄腕なんでしょ？　それでも、この麹は作れないんですか？」

沈黙を破ったのは、やはり葉子だった。挑戦的な質問を、する。

「さっき見せたように、麹作りでは広げた蒸し米の上に、菌を振りかける。麹菌は、タバコの煙くらいのサイズ。それをコントロールし、蒸し米の一粒にたった一つだけ菌をつけるのは、わしもできる。それだって、神業だけどな」

自分のやることを、神業と呼ぶ杜氏も、なかなかなものだ。

「ただ、米の外側についた麹菌は、外側で成長を始める。外に菌糸をつけないで、蒸し米の中だけに成長させるのは、どうやっても無理じゃ」

速水杜氏は、両掌を上に向け、肩をすくめた。どうやら、お手上げということらしい。

それだけ凄い技術が、一子相伝、口伝えで、この酒蔵では伝わって来ていたのだ。

「速水杜氏は、よその酒蔵を断ってまで、この蔵に来たと聞きました。ひょっとして、この技術のためですか？」

桜井会長の問いに、大入道はすっと目を細めた。そして、無言の薄笑いで答えた。

## 二十六

三通目の要求状も、郵送で届いた。

通常配達の郵便は、日曜休み。そこで速達である。ポスト投函のレターパックが、烏丸酒造に届いたのは、十二時近い時間だった。

投函されたのは、神戸市内。指紋も無し。新聞紙切り抜きの貼り付けも同様。

そして、今回も文面が意外。勝木は、またも完璧に意表を突かれた。

「全面広告の内容は、問わない」

秀造が要求を読み上げると、捜査員の間に、小さなどよめきが起こった。

「広告についての条件は、全面広告であること。烏丸酒造の酒の広告であること。社名を大きくいれること。以上」

「なんでやねん。なんで、そんだけなんや?」

勝木は、思わずうめいた。

「はい。以上を守れば、内容は問わないそうです」

「そんな、アホな。ちょっと、貸してみい」

勝木は、秀造から要求状を引ったくり、見てみた。だが、新聞紙の活字の切り貼りは、それしか書いていない。この短い文面では、誤解のしようもなかった。

「わざわざ、身代金を要求し。その金で自分とこの広告出させるなんて。正気の沙汰やない。身代金要求する意味がない」

勝木は、自分の頭の横で、人差指をクルクルさせた。

「恨んでるはずやったやろ、犯人は。謝罪広告、出させたいんやなかったんか？」

「だから、うちの蔵を恨んでる人なんて、いませんって」

秀造が、ムッとして勝木に応える。

「何、考えとるんや？　この犯人は。全く、理解できへん。人を馬鹿にすんのも、ええ加減にせえ」

「勝木課長。それは、こっちのセリフですよ。人を馬鹿にするにも、ほどがある。なんで、こんな目に遭わなきゃいけないんだ」

理由がわからないが、言う通りにしないと、田んぼに毒をまかれてしまう。広告を出さないわけには、いかなかった。

ワカタに相談し、出入りのデザイン会社に依頼して、制作してもらうことになった。内容は、とりあえず全商品の広告だ。

「広告を出せなんて、そんなことして何になるって言うんです。なんの意味も無い」

「まあまあ、烏丸社長、なんの意味も無いってことはないですよ。犯人の意図はわかりませんが、広告を出せば売り上げにはつながるでしょう」

愚痴り続ける秀造を、高橋警部補が慰めた。

「いえ。ウチの酒は、引く手あまたで、売り先困ってないんです。むしろ、広告見て来る客を断るのが面倒なくらいで。まったく、何でこんな目に」

「ああ、そうですか」

ものに動じない高橋警部補が、珍しく鼻白《はなじろ》んでいる。

「ウチにそんなことをさせて、犯人になんの得になるのか。皆目見当がつきません」

勝木は、秀造のその言葉に閃くものがあったが、すぐに自ら否定した。

「得になる奴が、おらんこともないが……。兵庫新聞、あるいは広告代理店。今回の一件で間違いなく儲かるやろうけど。いくらなんでも、そんなことせんやろうしなあ」

すぐに高橋警部補が、咳ばらいして、会話を軌道修正した。

「烏丸社長、なんにせよ今のところは、要求を聞くしかありません。とりあえず、いう通りにして、様子を見ましょう」

秀造が、肩をすくめ、溜息をついた。

そのとき、制服警官が一人、音を立てて部屋に駆け込んで来た。室内をキョロキョロ見回した後、勝木の視線に気づくと、まっすぐ走り寄って来る。

「勝木課長。松原拓郎です。見つかりました」

「脱法五平餅屋にいた男だな。脱法ライス中毒の」

勝木は、短くうなずいた。声をかけるまでもなく、高橋警部補が歩み寄って来る。

「自分が、松原の友人宅に聞き込みに行ったところ、匿われていました」

「それで、捕まえたんか？」

「いえ、残念ながら。取り逃がしました」

「なんや、逃がしたやと?! うーん、しゃあないか。それで、どういう状況や?」

「はい。楓里町の民家を、一軒一軒聞き込み捜査していたところ。まわりからポツンと離れた一軒の農家に、不審な青年がいました」

「どんな風に不審だったのかな?」

高橋警部補の訊ね方は、いつもソフトだ。

「おどおどとして、しきりに部屋の中を気にしている様子だったのです。何か、隠していると思っていたら、裏からエンジン音が。すぐに、そちらに回りました。すると原付バイクが走りだして行ったのです。後ろ姿ですが、間違いありません、松原拓郎でした」

追跡しようと思ったが、自転車だったので、振り切られてしまったらしい。

その後、確認したところ、青年は松原拓郎の元同級生だったと言う。

「その後の足取りは不明ですが、逃げるときに、友人宅から気になる物を持ち去ってます」

「気になる物というと?」

「大量のパラコートと、それをまく噴霧器です」

「農薬か? なんで、そんな物を?」

警官は、首を左右に振った。勝木が、後を引き取る。

「パラコートは毒性が高いさかい、噴霧器で直接人にかけたら、急性中毒になる。下手に吸い込むと、命の危険さえあるな。人を脅すのに、使うつもりやろか?」

「幻覚持ちの中毒者に持たせるのは、危険極まりない代物ですな」

高橋警部補の言葉に、勝木は深く静かにうなずいた。

「捜査員を増員する。松原拓郎の身柄の確保を優先するんや」

勝木は、手に負えない田んぼの脅迫のことはいったん横に置いた。そして、手慣れた容疑者を捕まえる仕事に、力を注ぐことにする。そうと切り替えれば、話は早い。テキパキと、部下に指示を下し始めた。

二十七

「麹作りまでは、料理でいうとこの、下ごしらえ。これからが、酒造り本番じゃ」

葉子たちが、次に速水杜氏に連れて行かれたのは、酒母室だった。釜場と洗米場を挟んで、麹室の反対側にあたる。

「基本的には、酒母《しゅぼ》造りは酒造りそのものなんじゃ」

酒母は、酛《もと》とも言う。文字通り、酒の元、である。そして、日本酒造りで大事なのは、一に麹、二に酛と言われているくらいだ。

酒母室は、杉の柱に白い土壁だが、掃除が行き届いて極めて清潔。真っ白く防水塗料で塗られた床の上に、人の背丈ほどのタンクが並んでいる。気密性の高い部屋で、ここも入ると寒い。冷房と除湿で一年中、低い気温と湿度が保たれている。

葉子は、なぜか小学校の教室を思い出していた。広さが、近いこと。先々、酒になる、言ってみれば、酒の幼児を育てるからだろうか。

「酒の母って言うより、酒の赤ちゃんですね」

速水杜氏が、大声で笑った。

「わはは、確かに。そうじゃな。すると酒の揺り籠か。大事に育ててやらんと、いけんなあ」

葉子たちも、杜氏につられて笑いだした。

「タンクに仕込み水を入れ、事前に準備した米麹と蒸し米を入れて、よく混ぜる。そして、そこに酵母を入れると発酵が始まり、泡が立つ。これが酒母じゃな」

「ただ混ぜるだけでいいのか？　簡単だな」

「うっ、そうだな。まあ、確かに最初は混ぜるだけじゃ」

玲子の問いに、速水杜氏が一瞬、口ごもった。簡単だなどと、言われたことがないのだろう。意表を、突かれたが、すぐに立ち直った。

「ただ混ぜた後に、微妙な温度管理やなんやら、いろいろとやることはあるぞ。どんなものか、見てみい」

杜氏に言われて、酒母タンクをのぞくと、うっとりするほど爽やかな香りが漂う。ゆるいお粥のような白い液体の表面が、ゆったりと対流し、ぷくぷくと小さな泡や大きな泡が、混じり合って立っている。

**酒母タンク**
ついに、酒造り主役の酵母が、酒母タンクから登場。アルコール発酵が始まり、プクプク泡も出始める。

櫂棒《かいぼう》でかき混ぜてみると、とろりとしていて、溶けかかった米もある。

杜氏が、柄杓で酒母をすくい、皆で回して一舐めずつしてみた。

甘酸っぱくて、なんとも言えずおいしい。

「おいしーっ、ヨーグルトみたい」

葉子は、お代わりしたくなった。

「その通り、酒母やもろみを濾さず、そのまま汲み出したのが、どぶろくじゃ。だから、半分固形物が混ざっている」

酵母の数が順調に増え、発酵が進むと、アルコール度数が上がる。

約二週間で、酒母が完成。完成した酒母は、仕込み蔵に運ばれて、仕込みタンクに投入される。

酒母室を出て右、通路の突き当たりが、仕込み蔵だ。入り口の扉は、観音開き。押すと蔵の内側へと、軽々と開いた。仕込み蔵の中は、酒母室同様に完璧な空調と除湿。かなり寒い。葉子は、ぶるっと身体を震わせた。

白壁に、茶色い杉の梁と柱。昔ながらの土蔵に、大きなステンレスタンクが整然と並ぶ。その様子は、壮観を通り越して、荘厳。どこか、神殿のようにも見える。元来、酒造りは神に近づく手段だったという。それが、実感として感じられた。

「一麹、二酛、三造り。ここ仕込み蔵でやることは、三番目に重要な作業と言われるが、やってることは、できた酒母を薄めて、量を増やすことなんじゃ」

酒母に、三回に分けて、米麹と蒸し米と仕込み水を加える。最初は、酒母の二倍。次に四倍分、最

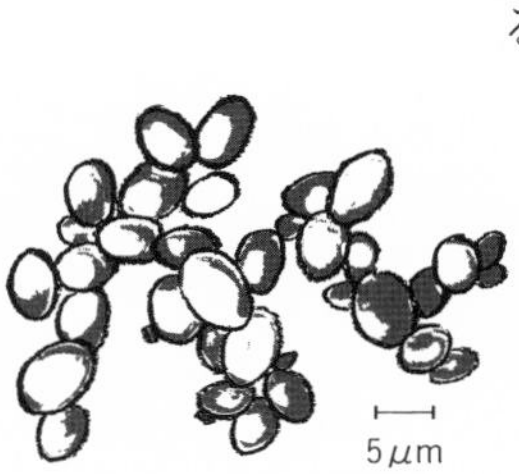


**連なっている酵母**
**サッカロマイセス・セレビシエ**
(Saccharomyces cerevisiae)
酒造りの主役。もろみ1mlに、1億個以上の酵母がいる。

後は八倍分。それでもろみは、酒母の十倍以上の量になる。そうして、酒母を増量するのが、三段仕込みだ。

背丈の二倍ほどもあるタンクの中で、アルコール発酵が進んでいる。

中をのぞくと、酒母同様。お粥に似た液体が、ぷくぷくと泡立っている。

「ぷくぷく湧いてるのは、炭酸ガスじゃ。アルコール発酵で、米の重さの半分は、炭酸ガスになる。残りのたった半分しか、アルコールにはならん。つまり、米から酒を造ると、半分になって、残りの半分は消えてしまう。なんとも、もったいない。贅沢なもんなんじゃ」

「なんと、半分以上が豚の餌になるだけじゃなく、残りの半分も消えてしまうのか！　それでは、四分の一以下しか残らないではないか」

玲子の言葉に、速水杜氏が、先ほどと同様、厳かにうなずいた。

「パンも同じなんじゃや。実をいうと、パンと酒は兄弟。両方とも、酵母の発酵でできる。発酵で生じる炭酸ガスを利用して膨らませるのが、パン。発酵のアルコールを飲み物にするのが、酒。パンは、副産物のアルコールは釜で焼くときに飛ばしてしまうし、酒も炭酸ガスはほとんど製造工程でなくなってしまう」

「面白い。パンと酒では、発酵で生まれる物の取捨選択が、真逆か。裏表の関係ということだな」

気のせいか、玲子の目が生き生きと、光って見える。この女性は、理系女《りけじょ》かも知れない。

「そういうことじゃ。このタンクの中も、もろみにアルコールが含まれ、炭酸ガスも一杯。目には見えないが、できた炭酸ガスは、タンクの縁から溢れこぼれて来てるはずじゃ」

「溢れてるって、危なくないんですか？」

葉子は、思わずぴょんっとタンクから離れた。

「人間の呼吸にも含まれてるくらいで、炭酸ガス自体は危険はない。まあ、タンクに落ちたら別じゃけどな」

速水杜氏は、眉を寄せて目を細め、仕込み蔵の隅に視線を向けた。

ビニールで、何重にもぐるぐる巻きにされたタンクが佇んでいる。邪悪なものが出てこないよう、封印しているかのように。

## 二十八

酒を搾るところは、槽場《ふなば》。酒を搾る担当者は、船頭だ。

もろみから、酒を搾ることを上槽《じょうそう》と呼ぶ。かつて、舟のような形をした槽という搾り機で、酒を搾っていた名残りである。何枚もの布袋に、もろみを詰めて並べ、上から圧縮して搾る槽は、手間と時間がかかる。

葉子は、気づいてなかったが、酒母室の通路を挟んだ向かいの部屋が、槽場だった。蔵の中に、設けられた巨大な冷蔵庫。機密性の高い部屋中は、除湿と冷房がガンガン効いていて、仕込み蔵よりも

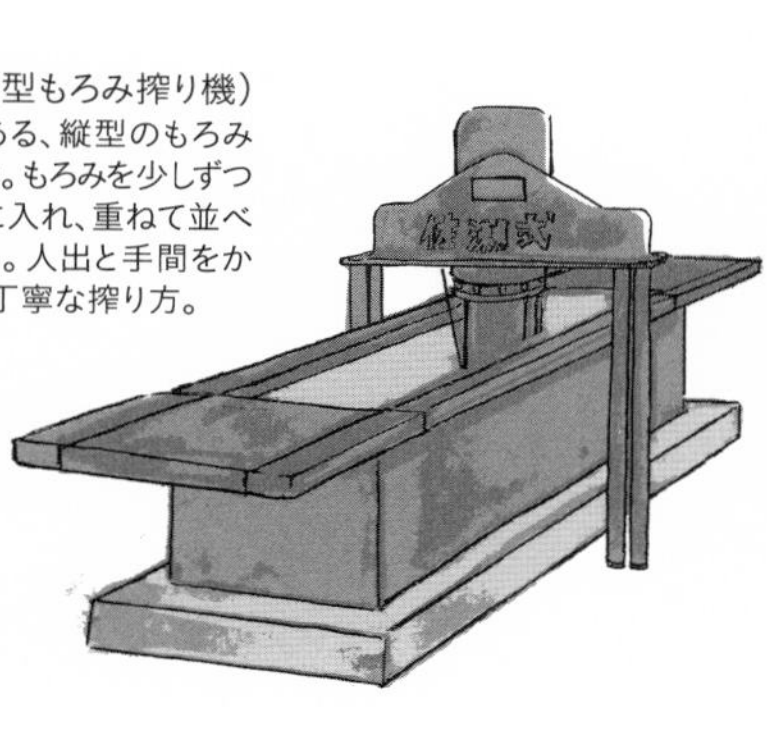

**槽《ふね》**（縦型もろみ搾り機）
歴史ある、縦型のもろみ搾り機。もろみを少しずつ布袋に入れ、重ねて並べて搾る。人出と手間をかけた、丁寧な搾り方。

寒い。細菌の繁殖を、防ぐためだ。

槽に代わって、巨大アコーディオンのようなヤブタという搾り機が、最近は主流。大人の背丈よりも高く、長さも十メートル以上ある大きな機械だ。ヤブタは、もろみに左右から圧をかける、横型搾り機である。

ヤブタへは、もろみタンクからホースで、もろみが送られる。搾られた酒が、隣に置かれたタンクに溜まりつつあった。搾り立ての酒は、美しいエメラルドグリーン。深い碧の色は、どこか神秘的でもある。

速水杜氏が、搾り立ての新酒を柄杓《ひしゃく》ですくった。試飲グラスに分けて、一口ずつテイスティングさせてくれる。

日本酒とは思えない、シャープでエッジの効いた味わい。微炭酸が刺激的でぷちぷちし、鮮烈で甘美。甘味、酸味、苦味、渋味にアルコールが、口の中に突き刺さる。官能的で刺激的な味わいのうまさ。

「これは、凄すぎる」

「さすが、烏丸さんの搾り立てだ。おいしい！」

「うまいね。上手い」

「大したもんだよ。この酒は」

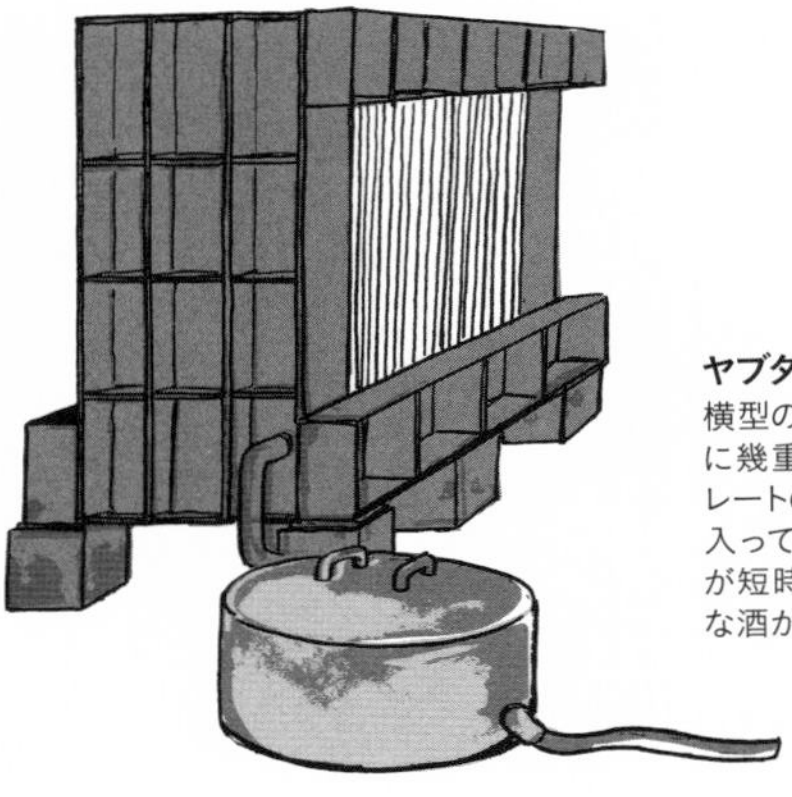

**ヤブタ**
横型のもろみ搾り機。縦に幾重にも重なったプレートの隙間にもろみが入って、搾られる。作業が短時間で、フレッシュな酒が搾りやすい。

「うーん、おいしぃーっ！　こんなおいしい酒造る人の顔が見てみたい」

葉子の言葉に、全員が笑ってうなずいた。

「大したものだな。米がここまで、感動的にうまくなるとは。恐れ入った。さっきのタンクに入っていた白い液体を布で濾すと、この透明な酒になるんだな？」

「刑事さん。その通り。もろみの固形分を分離して、外に流れ出す液体が酒。搾り機の中に残る固形分が酒粕じゃ」

「つまり酒粕も、元は米なのか。知らなかった」

玲子は、妙なことに感心している。

「仕込んだ米の量に対する酒粕の割合を、粕歩合と言うんじゃ。少なくて三割。純米大吟醸酒だと、五割以上が酒粕になることもある」

杜氏の言葉に、珍しく玲子が目を丸くした。

「なんだと?!　それでは、米からできる酒は、四分の一以下どころか、もっとずっと少ない。十分の一近くではないか？　米をそんなに無駄にしてるのか。恐ろしく贅沢な飲み物だな。日本酒は」

「玲子さん。純米大吟醸酒だと、最初の精米で米が半分になり、最後に酒粕で残る分がその半分、つまり発酵するのは元の米の四分の一。そして発酵すると半分が炭酸ガスになって消えるので、純粋なアルコール分になるお米は、元の大きさのたった八分の一なんです。こんなにたくさんお米を使ってるのに、ワインより安いんですよ。せっせと飲んで応援して下さいね」

葉子が、にかっと笑うと、玲子は神妙な顔でうなずいた。

「玲子さん、どうでした？　初めての蔵見学は？」

一瞬の間。玲子らしくない躊躇《ちゅうちょ》があった。

「どうもこうも無いな。米を削ることを、磨くだとか。研ぐことを、洗うとか。蒸篭《せいろ》と呼べばいいのに甑《こしき》と呼ぶ。わざとわかりづらくしてるとしか思えない」

キリリと口元を引き締め、硬い口調で切って捨てた。

玲子の意外だがもっともな指摘に、葉子は目を丸くした。言われてみれば、その通りである。

「ホントですねえ。そんなもんだと思って、全く気づきませんでした。わかりづらいですね」

葉子に、気を遣うはずがないが、続けて玲子が意外なことも口に出した。

「でも、まあ面白く見せてもらったし、役には立った。並行複発酵。デンプンの糖化と、アルコール発酵のメカニズムは理解できたと思う」

葉子は、パッと顔を輝かせ、思わずバンザイをした。

「やったーっ！　やっぱり玲子さん、誘ってみて良かったぁ」

気のせいか、玲子の口元が少しだけ緩んでいるように見えた。

## コラム③ 日本酒年表

| | |
|---|---|
| 三世紀末 | 魏志倭人伝に「倭人は、よく酒を飲む」と記載。 |
| 奈良時代 | 出雲神話で、八岐大蛇《やまたのおろち》に八塩折《やしおり》の酒を飲ませたと伝わる。<br>播磨国風土記に、カビの生えた神社の供え物で、酒を造ったと記載。<br>四季を通じ、宮中の造酒司《みきのつかさ》で酒造りが行われ、貴族が楽しむ。甕による酒造り。 |
| 平安時代 | 三段仕込みの基礎になった「トウ」法による酒造りや、袋搾りによる澄酒が誕生。 |
| 鎌倉時代 | 商業的に酒造りを行う酒屋が、民間に発生。 |
| 室町時代 | 京都に麹座が生まれる。<br>木樽の酒造りへの使用が始まる。酒の大量生産、輸送が本格化。<br>酒母造り、白米使用の酒造り、火入れなどの技術革新が起こる。<br>奈良の菩提山正暦寺にて、菩提酛《ぼだいもと》が誕生。 |
| 江戸時代 | 伊丹で、寒造りが始まる。杜氏制度の始まり。<br>灘で、生酛造りが誕生。 |
| 明治39年 | 最初のきょうかい酵母が、灘で分離される。 |
| 明治42年 | 国立醸造試験場で、山廃造りが開発される。 |
| 明治43年 | 速醸造りが、開発される。 |
| 昭和5年 | 秋田県の新政酒造のもろみから、きょうかい六号酵母を分離。 |
| 昭和11年 | 山田錦デビュー。 |
| 現代 | 国内の酒蔵が、千八百軒まで減少する一方、海外のマイクロ日本酒醸造所が増加中。 |

# 第四章 ――稲の守り女神《がみ》――

## 二十九

昼過ぎ間もなく、オーガペックの有機圃場認証監査の書類審査が、終了した。百冊以上もあったパイプ式ファイルの中身。田んぼに関する資料、資材や有機肥料などを、一つの抜かりもなく、すべて確認し終えている。たった、一日で。

恐ろしく高い書類処理能力だ。事務処理能力の低さを、嘆きの種にしている葉子は、羨望の眼差しを向けた。

「烏丸サン、素晴ラシイ。書類審査ハ、合格デス。資料ハ完璧デシタ。何一ツ、抜ケモナケレバ、余計ナモノモナイ。見事ダ。良クゾ、ココマデ。初回デ合格スルノハ、今回ガ最初ジャナカッタカナ」

「あなた方が散々、スパルタでしごいてくれたおかげです。礼を言っておきます」

秀造は、そう言いながらも、顔は笑っている。スティーブンに手を差しだし、握手した。

「コウシテミルト、監査デキナカッタ田ンボガ惜シイナ。コノレベルナラ、書類審査ハ文句無シダッタロウ。何ガアッタカ知ラナイガ、残念至極ダネ」

秀造は、諦念を浮かべ、うなずいた。

「また最初から、頑張ります。何年かかっても、紅鯡雲《べにひぐも》の田の有機認証は取ります。そのときは、よろしく頼みますよ」

「ソノ意気ナラ、大丈夫ソウダナ。イツデモ言ッテクレ、ヤッテ来ルカラ」

スティーブンと秀造が、再び力を入れて手を握り合った。

「コレデ書類審査ハ、終ワリダ。デハ、肝心ノ田ンボヲ見セテモラオウカ。実地ノ審査ニ入ロウ。田ンボガ完璧ナラ、認証完了ダ」

オーガペックのメンバーたちが、ササッと乗って来た車に分乗する。

スティーブンの元から離れ、秀造が葉子に歩み寄って来た。

何故か、口を開くのを躊躇している。

「？」

葉子が視線で問いかけると、秀造がおずおずと口を開いた。

「葉子さん、これからオーガペックの方と、天津風の田んぼを見に行きます。オーガニック認証の最終審査に。一緒に行きませんか？」

「へっ？」

葉子は、我ながら間抜けた音を、口から立てた。言われた言葉が、理解できない。

「天津風の田んぼ？　オーガニック？　どういうことですか。昨日、毒をまかれたから、認証は無理だって言ったじゃないですか。また一からやり直し、もう三年かかるんじゃなかったんですか？」

秀造が、サッと頭を下げた。腰から、上体を直角に折る。軍人のように美しい。覚悟していたらしい仕草だ。

「ヨーコさん、ごめんなさい。毒をまかれたのは、天津風の田んぼじゃないんです」

「へえっ？・」

葉子は、混乱した。何を言われてるか、やはり意味がわからない。

「天津風じゃない？　だって、特級田って、特級田の草取りをさせてくれるって、秀造さん、言ったじゃないですか」

葉子は、目をパチクリした。言葉は、耳に入って来るが、頭がついていけない。

顔を上げた秀造が、口ごもる。そして、申し訳なさそうに話を続けた。

「あの田は、紅鯡雲《べにひぐも》という名前の田んぼなんです」

「どっ、どういうことなんですか？　だって、だって……」

「ヨーコさんが、草取りをしたいって言うから。あそこに連れて行ったんです。雑草いっぱい生えてるのわかってたし。行けばわかりますけど、天津風の田んぼには、雑草なんて一本も生えてないんですよ」

「へえっ？・」

また、間抜けな擬音が口をついて出た。

「てっきり、あそこが天津風の田んぼだとばかり」

秀造が、再び深々と頭を下げた。

「本当に、すみません。事件が無ければ、草取りの後、すぐに話すつもりだったんです。それが、あんな事が起きて、言い出しそびれちゃって」

「ぶ、わっはっは」

隣のタミ子が、大声で笑い出した。つられてトオルも笑いだす。

「どうりで、なんか変だと思ってたよ。百万円の酒の田んぼにしては、手入れも悪すぎるし、どうりでね」

「そしたら、本物を見に連れてって下さい。ぜひぜひ」

トオルも、晴れ晴れした顔をしている。母親同様、雑草の生えた田んぼのことを、疑っていたのだろう。

少し離れて、やり取りを聞いていた玲子が、つかつかと歩み寄って来た。

「われわれも、天津風の田んぼを確認してみたい。同行させてくれ」

玲子に、軽く肩を叩かれた。澄まし顔の口元が、緩んでいる。

どうやら、彼女も知っていたらしい。

## 三十

天津風の田んぼでは、稲穂が黄金色に輝いていた。柔らかい風に撫でられて、ゆっくりと揺蕩《たゆた》うている。穂先の籾が、光を乱反射し、キラキラと輝きを放った。穂の背は高く、茎は太くしなやか。葉は、銘刀のようにシャープな弧を描き。そのエッジは、触れるものすべてを、切らんがばかりに鋭利だ。

このときを待っていたのか、幕が上がるように、天の雲が左右へと分かれた。みるみる晴れ間が広がる。射し込む陽の光が、明るく山田錦を照らし出した。

山田錦の穂が、誇らしげに輝き出す。あたかも田んぼが、交響曲を奏でているかのようだった。

稲は広く間を取って、等間隔に植えられ、雑草の一本もない。

田んぼの周囲のあぜには、幅広く洋芝が植えられている。周囲には、膝の高さほどの白い柵が設けられていた。芝の緑が、稲穂の色とコントラストをなしている。

葉子は、田んぼの美しさに、思わずため息をついた。

田んぼの手前には、「天津風田圃場」と「烏丸酒造管理圃場山田錦栽培田」と記されたプレートが、燦然《さんぜん》と輝いていた。田んぼの入り口に、瀟洒《しょうしゃ》な門まで作られている。

酒蔵を出て、小川に沿って上流へと向かうと、穏やかな上り道に沿って、棚田が広がり始めた。やがて川筋が二本に分かれる。中州へと渡る小橋を渡ると、そこが世界一の田んぼだった。

「ここが、天津風なんですね」

うっとりして、葉子は呟いた。

「昨日の田んぼとは、段違いだな」

玲子も、何か感じるものがあったらしい。

この辺りの田んぼは、山の麓から川に向かって、段々に下がっていっている。だが、ここだけ、まわりより少し高くなっていた。土地が隆起して、鞍部《あんぶ》になっているのだ。

まわりの田んぼが低いため、見晴らしもいい。

柔らかい風が、北から南へと、吹き抜けて行った。

「ここの地は、一年中この風が吹いているんです」

秀造が、北方の山々を指差した。

「中国山地には、僅かな山の切れ目づたいに、北から南へ風が通る道があるんです。日本海から瀬戸内海への風の通り道。この風が、稲を慈しんで、育ててくれます。うちの蔵は、この風の通り道に、建ってるんです。冬場、シベリア寒気が、日本海を渡って雪山を抜け、真っ直ぐに寒風を蔵に吹き付けます。それで、この辺りではありえないほど、気温が下がるんですよ」

「あんたんとこのご先祖さんは、そこまで調べて蔵を建てたんだね。大したもんだ」

タミ子が、鋭い目で周辺を見渡している。起伏や川の流れを、見ているらしい。

「風がやむことは、ないんですか？」

「一年中、吹いてます。古い風土記にも、そう記されてるんですよ」

葉子の問いに、秀造が涼しそうに笑った。

「ここの土にはミネラル分が多く、それほど有機肥料を必要としません。それでもいい米が育つのは、日照と寒暖差があって、いい風が吹くから。光合成が、理想的に行われるからなんですよ」

「それに、近所にゴルフ場がない」

葉子が、まわりの山を見回しながら、つけ加えた。

「ゴルフ場の芝にまく農薬は、ハンパない量ですから。上流にゴルフ場の無いエリアは、貴重ですよね」

見える範囲の低い山々は、雑木林に覆われ、人の手が入った気配は微塵もない。

「天津風の田って、看板も新しくてきれいだね。大事にしてるのが、わかるじゃん」

「トオルさん、ここの看板は、先週古いやつを持ってかれちゃったんで、新調したんですよ。今朝持ってきて、立てたばかり」

「よくあることなのかい？　嫌がらせされるのは」

「酒が買えない奴が、代わりに持ってっちゃうんだよ。きっと」

トオルとタミ子が、声を合わせて、わははと笑った。

「ここで採れた米で造るのが、世界一の酒なのか」

「はい、葛城さん。パリ・オークションで、毎年最高値をつけていただいてます」

「いくらくらいなのだ？」

「昨年は、純米大吟醸が、一本百万円を超しました」

「パリ・オークションというのが、世界一のオークションだったな」

玲子の言葉に、秀造が誇らしそうにうなずく。

日本酒のコンテストで、最も権威があるのが、全国新酒鑑評会である。財務省所管の酒類総合研究所が、毎年春に行っている。鑑評会専用に醸造した酒が集まり、一定レベル以上の酒を、入賞酒と金賞酒とに選定するのだ。

近年、ワインの国際コンテストに、日本酒部門が登場した。それが、ＩＷＣ（インターナショナルワインチャレンジ）日本酒部門。こちらは、市販酒が対象だ。純米大吟醸酒や純米酒など、部門毎にトップを決定し、その中からチャンピオンを一本決める。

「コンテストと別にオークションがありまして、パリとニューヨークが双璧。二大オークションと呼ばれてます。パリ・オークションは毎冬クリスマスイブに、ニューヨークは春に開催されます」

「うちは、パリしか出品してないのですが、ニューヨークでは、獺祭さんが強いようです。たしか毎年、最高値ですね」

桜井会長はうなずいたが、嬉しさ半分といった感じだ。

「ニューヨークではトップですが、パリではまだまだ。悔しいですが、烏丸さんとこには及びません」

天津風の田んぼと、水路やあぜをチェックしていたオーガペックの検査官たちが、輪になって集まっている。確認内容の摺り合せだろう。

どうやら問題なかったらしい。検査官たちは、輪を崩すと近隣の田んぼに入り始めた。

「おーい、人の田んぼに勝手に入っちゃダメだぞぉ」

トオルが大声で注意すると、オーガペックのリーダーが作業を中断して、こちらへとやって来た。

「認証スル田ンボニ、影響ヲ及ボス可能性ガアル範囲ハ、スベテチェックシマス。ソレデナイト、有機栽培ノ安全性ガ担保デキマセン」

両手を腰に当て、胸を張っている。

「ソノ田ンボダケ調ベテ、認証スル団体モアルガ、信ジラレマセン。県ノ機関ナドハ有機栽培ノオ墨付キヲ与エタイダケデ、有機栽培ノ本質ヲハキ違エテイマス。風向キヤ、用水ノ経路モ考エ、必要ナラ、隣ノ隣ノ田ンボモ調ベナクテハイケマセン」

「疑い深いんだなぁ」

トオルが、苦笑いし、わざと大きく肩をすくめてみせた。

「無理もないな。確かに、除草剤を使わないでここまで、田んぼをきれいにできるのは、信じられん。ここには、本当に雑草が一本もない」

「葛城警視。江戸時代までは、農薬はありませんでした。化学肥料も無かった。あったのは油粕みたいな有機肥料だけです。それでも、ちゃんと米ができてた。もちろん、今より収量は低いですけど」

「だが、昨日の田んぼは、雑草だらけだった。あれが自然なんじゃないのか？　ここは、不自然に見える」

「トンデモナイ。コレガ自然ナノデス」

スティーブンが、両手を大きく左右に振った。

「長イ時間ト、手間ヲカケレバ、ココマデ来レマス」

葉子にも、今までにたくさんの有機圃場を取材してきた知識があった。

「玲子さん。その秘密は、田植えにあるんです。わざわざ苗を別に作って、水を張った田んぼに植えるのは、なぜだと思います？　陸稲《おかぼ》と言って、土に蒔いても玄米は、芽を出すのに」

いつも間髪入れない玲子の回答が、ほんの一瞬だけ遅れた。

「考えたこともないな、田植えの理由なんて。水を張った田に、苗を植える。当たり前のことだ。田植えは、日本の原風景。その理由を知ろうと思ったこともない」

玲子が、細い首を傾げた。豊かな黒髪が、揺れる。

「なぜなんだ？」

「イネ科の雑草は、発芽するのに空気が必要なんです。つまり水が張ってある水田の土中の種は、芽が出せない」

「田植え前の水田だな。水の底の雑草の種は、窒息してるから、発芽できない」

葉子は、微笑み、うなずいた。

「だから、種籾を発芽させて、苗を作る。発芽した苗を、水田に植えれば育つんです。水面から顔が出て、空気に触れてますから」

「なるほど。発芽した苗は、水面より背が高いから、呼吸できるのか！」

「それが、田植えの意味。雑草を防ぐ知恵だったんです」

「さすが、ヨーコさんだ。よくご存知ですね」

秀造によると、空気が無くても発芽できる雑草もあるが、それは別の対処法があるらしい。田植え前に水を張っておくことで、発芽した雑草を一網打尽にすると言う。

「もちろん、それだけで全く雑草が生えなくなるわけじゃありませんが、かなり減らせます。それから先は、雑草を見つけたら抜く。根気がいる作業ですが、それも肝心です」

「田ンボハ、一日ニシテナラズ。何年間モ、繰リ返スウチニ、田ンボノ草ハ徐々ニ減ラセマス。土中ノ種ハ零ニハナリマセンガ、零ニ近ヅケルコトハデキマス。ソレガ、ココノ田ンボデス」

スティーブンは、目の前に広がる天津風の田んぼを、指してみせた。

「私タチガ、認定シテイル中デ、最高ノ田ンボデス。ココヲ手伝エタノハ、私タチノ誇リデス」

「農薬が無い時代の稲を育てる技。田植えを発明した人は、大天才ですよ」

「秀造さん。でもさ、いくらスゴイ技術だって言っても、昨日の田んぼには、ちょっと雑草が多かったね」

トオルが、微笑んで言うと、秀造が頭をかいた。

「ちょっと目を離したとはいえ、あそこの雑草は、ちょっと多過ぎです。普通、あそこまでは生えませんですけど」

「田植エハ、雑草取ル技術デス。タダ、弱点モアル。田植エ直後ニ水ガ抜ケルト、空気ニ触レタ土中ノ雑草ハ、発芽シマス。ナゼカハ、ワカリマセンガ、ソコノ田ハ、田植エノ直後、水ガ切レタノカモシレマセン」

タミ子が、ぽんっと手を叩いた。こっくりと、うなずいている。

「なるほどねえ。田植え直後に、水が切れると、土中に空気がある。だから雑草の種が、発芽しちゃうんだね」

田んぼの上を、そよ風が吹き抜け続けている。脇の用水路には、澄んだ水がたっぷりと流れていた。空には、飛び交う赤とんぼ。水の中には、田螺《たにし》が這い、カエルが跳ねている。

見ると、オーガペックの検査官たちは、隣の隣の田んぼまでチェックしに行っていた。

「ここが天津風の田んぼってことは。犯人は、間違って別の田んぼに毒をまいちゃったんですね?」

「そう。あそこは、ここからけっこう近いんです。来る途中で、一本手前を曲がれば、すぐ紅鯡雲《べにひぐも》の田んぼ。夜中の暗いときだったら、間違えるのも無理はない。今朝まで、ここの看板もなかったし」

葉子は、雑草だらけなうえ、間違って毒までまかれた田んぼが、可哀そうになった。

「なんだか、昨日の田んぼ、また見たくなっちゃいました。秀造さん、ここから歩いても近いんですね。ちょっと行って来てもいいですか？」

秀造は、笑ってうなずいた。

「ヨーコさん、そしたら草取りも、お願いします。なんちゃって」

タミ子も、すぅーっと一歩前に進み出て来た。

「あたしも、連れてってくれるかい。あの田んぼには、ちょっと気になることがあってね」

吹きやまぬ風に乗って、微かなサイレンの音が、遠くから響いてくる。

タミ子の視線を受けたトオルが、苦笑いした。

「自分は、雑草もう飽きたから。蔵に帰ってるよ。ヨーコさん、おっかあをよろしく」

「はいな！」

「松原拓郎が、近くに潜んでるかもしれません。見かけても、絶対に近寄らないように。我々に、知らせるだけにして下さい」

高橋警部補の目には、憂慮する色があった。

葉子は、居住まいを正してうなずいた。

タミ子の後を追って歩き出すと、タミ子の背中がすでに小さい。亀の歩みのはずなのに。葉子は、慌てて歩みを速めた。

# 三十一

天津風の田んぼの現地監査は、無事に終了した。今年も有機圃場としてのお墨付きが、与えられる。なぜか、玲子もほっと一安心した。

酒蔵に戻った瞬間、あっという間にオーガペックの連中は、撤収していった。来たときと同様、規律正しく。その素早さは、風の如くだった。

秀造は、見るからに、ほっとしている。顔がふにゃふにゃに緩み、肩の力も抜けていた。

事務所に戻ると、ちょうど寿司の出前が届いたところだった。出前持ちが、風呂敷包みを開き、寿司桶をテーブル上に並べている。

「気がきいてるなあ。誰が頼んでくれたんだ？」

秀造の問いに、蔵人と社員が顔を見合わせた。誰も心当たりがないらしい。

「よそさんから、頼まれまして。烏丸さんにはお世話になってるから、お祝いにと」

地元の顔馴染みだけに、寿司屋も手慣れている。上にぎりの桶を並べ終えると、風呂敷を畳み始めた。

「誰からだい？」

「それが、よくわからないんです」

「わからないぃ？　誰に頼まれたかわからないのに、よく出前するな」

「お代は、いただいてるものですから」

「支払い済み？」

　今朝、寿司屋のポストに封筒が投函されていた。中に、出前の依頼文と、現金が入っていたという。

　昼前に不思議な声で、配達を確認する電話もあったと。

「女性っぽいけど、どこか変な。電車の行き先案内みたいな声でした」

「電車の行き先案内？　合成音声かな」

　出前持ちはうなずくと、懐から白い封筒を取り出し、秀造に渡した。

「はい、それでこれも一緒にと、手紙が」

「手紙？」

「蔵元に手渡して欲しいと。現金と一緒に、手紙が同封されてたんですわ。確かに、お渡ししましたよ。食べ終わったら、寿司桶は外に出しておいて下さい。洗わなくても構いませんから」

　頭を下げると、すっと外へと出て行く。

　寿司屋が置いていった白い封筒には、『要求状』と表書きがあった。


　最後の指示は、少し複雑だった。

「玉麹の作り方、口伝を暗号化した上、ＱＲコードに変換して、広告に載せろ」

　暗号化の方法はＡＥＳ１２８。パスワードとして、十六文字の意味をなさない英文字列が記してあった。

QRコード

秀造や勝木課長はもちろん、高橋警部補ですら首を捻る中。感極まったような、唸り声が上がった。

「あったま、いいなあ！」

要求状をひと目見たトオルだった。

その場の全員の視線が、集中する。

凝視され、ハッと我に返ったトオルが、照れて愛想笑いをした。

「トオルさん、全然わかんない。なんなのこれ？　暗号化とか、ＡＥＳとか、ＱＲコードとか？」

「秀造さん、つまり。四角いバーコードなんだよ。アイスとかコーラに印刷してあるやつ。玉麹の作り方を、あれに変えて広告の隅に印刷しろって書いてあるんだ。つまり、新聞買ってバーコード読み取れば、犯人は玉麹の作り方がわかるってわけ」

「誰でもわかるのか？」

「パスワード知ってれば、玲子さんでもスマホで読めるよ」

「なるほど、そうやったんか！」

「接触せずに、身代金を受け取れるってわけか！」

勝木課長と高橋警部補が、同時にうめいた。

「この場合は、身代金じゃなくて、作り方だけどね」

「具体的には、どうやるんだ？」

「玲子さん、ＡＥＳ１２８っていうのは、暗号化の標準規格なんだ。アメリカの標準技術研究所で決められたの。ラインダールっていう暗号化方式。だから、パスワードさえ決まってたら、すぐに暗号化できるよ。フリーソフトがあるし、ジャバスクリプトは標準で暗号化のライブラリ持ってるから、そっちでもできる」

「そんなに簡単なのか?!」

「もちろん。パソコンに詳しかったら、中学生だって大丈夫。QRコードにするのは、もっと簡単。オフィシャルのホームページがあるくらいさ」

「四角くて、白黒の模様がついてるやつやな。でも、そんなんたくさん字は入らへんやろ」

「勝木さん、QRコードは、一つに千八百十七文字まで入るんだよ」

「二千文字近くも?! そんなに入るんかい?」

「もっとだよ。二千字で足りなかったら、二つでも三つでも、別々にコードにして、印刷すればいいじゃん」

「二千字もあれば、口伝は、十分足ります」

秀造のかすれた声が、誰に言うでもなく、宙をさまよった。

「コードがいくつも印刷してあってもおかしくないように、全面広告が指定だったんだな。それだけだったら、直前に入稿しても印刷できる」

「その玉麹の作り方いうんは、貴重なんでっか?」

勝木課長が、険しい顔で黙り込んでいる桜井会長を見やった。

「貴重も貴重。日本中の蔵元と杜氏が、喉から手が出るほど知りたがってる技術です。世界一の酒を造る技術ですから」

桜井会長の声が、震えている。珍しく、興奮しているらしい。

「金額に換算すると、どのくらいです?」

「金額換算はわかりませんが、特許取ったら億単位で使用料が入るでしょう」

「億単位だって?　マジか?!」

桜井会長が、大きくうなずいた。

「でも、特許は取れんでしょう。名前出さないと出願できないから。脅迫犯だってすぐにばれちゃう」

「烏丸さんの言う通りです。自白するようなものですから」

「海外で出せば、いいんじゃないかな。中国とか、アメリカでも」

トオルの口調は、どこ吹く風。のんびりしたものである。

「海外で?」

「そう。代理人立てて出願して、日本国内にも並行出願する。自分で考えましたって言われたら、遮りようがないよね」

「そいつが、目的やったんか」

勝木課長が、額に手を当てて、再びうめいた。

「いや、それはわかりません。玉麹を自分で作りたいだけかも知れません。秘かに、玉麹作る分には、誰にもわかりませんから。でも、うまい酒は造れる」

桜井会長の言葉に、秀造をはじめ、皆がうなずいた。

「玉麹を使った酒が、オークションに出てきたら、飲めばわかりますか？」

勝木課長の問いに、秀造と桜井会長が、顔を見合わせた。

「おそらく、わかります。ただ、断定するのは無理です。重要と言っても、麹作りはあくまで酒造りの一つの工程で、酒造りは複雑ですから」

「犯人に知らせる前、こっちから先に特許出して、技術守ったらどうなんや？」

トオルが、人差し指を立て、大きく左右に振ってみせた。

「だめだめ。勝木さん、なんか勘違いしてる人多いんだけど。特許って、ただ技術の権利くれるだけじゃないんだよね。公開しなきゃいけないの」

「？」

「自分の技術を人に教える代わりに、技術を使った人から、お金がもらえる。等価交換ってやつだね。しかも二十年間だけ。だから、この玉麹みたいに、千年以上、誰にも真似ができない秘技は、出願なんてしない方が正解なんだよ。特許にすると、皆が作れるようになっちゃうから」

秀造が、その通りですと、うなずいた。

トオルが、意外にも特許のことにまで詳しかったので、玲子は少し驚いた。底の知れない息子だ。

「秀造さん、どうします？　玉麹の口伝、暗号化しますか？　やるなら、お手伝いしますけど」

トオルに尋ねられ、秀造は口ごもった。

一瞬の沈黙の後、秀造が口を開きかけたとき、大きな声がそれを遮った。

「ダメだ。玉麹の口伝は、何があっても、門外には出させせん」

皆が、声の方を振り向く。

そこには、烏丸六五郎が、立ちはだかっていた。燃えるように、瞳を爛々と輝かせて。

三十二

紅鯡雲《べにひぐも》の田んぼでは、相変わらず山田錦の肩身は狭かった。雑草が、そこそこ生えている。

秀造が言った通り、天津風の田んぼからすぐだった。小川沿いに農道を下り、一本目の岐れ道を折れて二枚目の田んぼ。タミ子の足で歩いても、二十分とはかからない。

二つの田んぼを、見比べると一目瞭然。月とスッポンとは言わないが、見た目は大きく違う。雑草の有無だけでなく、田んぼまわりのあぜは草むら。周囲の柵もなく、稲自体も、細くて、どこか貧相に見える。今年は不作だと聞くが、そのせいもあるのだろうか。

遠くから、田んぼの横に、二人女性が見えていた。並んで佇み、田んぼを眺めている。近づくと、まりえと甲州屋の今日子だった。農道に、小さな水色のワゴンと、少し離れて白いハイブリッド車が停まっている。

葉子たちに気づき、まりえたちが手を振ってきた。朗らかな笑みで、人の良さそうな二人だ。

「今日子さんに、乗せて来てもらったっす」

まりえは、両手をいっぱいに広げて、田んぼを抱きしめる真似をした。

「やっぱ、おらはこの紅鯡雲の田んぼ、康一さんが育てた田んぼが、一番好きだす」

「まりえさんと一緒、私も好きです。この田んぼ。つい、来ちゃいました。ヨーコさんたちは、どちらから？」

「天津風の田んぼからです。初めて行ったんですけど、ビックリしましたぁ。素晴らしくきれいな田んぼなんで」

葉子の素直な物言いに、心をくすぐられたらしい。今日子はにっこりと微笑むと、青空を仰いで詠唱した。

「天津風、雲の通い路吹き閉じよ。乙女の姿、しばし留めん」

「乙女って、おらたちのことだすか？」

まりえが、ぽんぽん跳ねて見せる。

「もちろんですよ。まりえさんと、葉子さんと、私」

「おや？　あたしは、入れてもらえないのかい？」

タミ子は、何が面白いのかまわりの田んぼを眺めていたと思えば、ちゃんと聞き耳を立てている。

「もちろん、おかあさんが筆頭ですよ」

「だす、だす」

田んぼの上に、明るい笑い声が流れ、とんぼが驚き、輪を描いて去った。

「ここの雑草も、ずいぶん抜いたんだけどなあ」

「あいやー、まだまだ残ってるっすなあ」

葉子の言葉に、まりえが雑草を数えて、苦笑いしている。

「あの人、それはこの田んぼが、気に入ってたんだすよ。ここを蔵で買ってから、ずっと世話してたんだす。足跡が、最高の肥料だって、言ってらけすもの」

「素敵な言葉！　日に何度も足を運ぶから、稲が美しく育ったんですね」

まりえが、胸をそらし、得意気にうなずいた。

「今は、こんなだけど、去年はすん晴らしかったっすなぁ」

「素晴らしいって言っても、天津風の田んぼほどじゃないでしょう？」

葉子の言葉に、まりえがブルブル首を左右に振った。

「いやいや、天津風の田んぼくらい、きれいな田んぼだったすよ」

「本当？　ちょっと信じらんない」

「ホントも、ホント。あっー、葉子さんにも見せてあげたかったすなぁ」

まりえは、そっと屈んで手を伸ばすと、田んぼの縁の目立つ雑草を、一本引き抜いた。

既に空に雲はなく。抜けるように高く青い秋の空の下、黄金色の山田錦は威風堂々と、天を指している。稲を揺らす風が頬を掠めると、一瞬冷んやりした。

ふと気づくと、タミ子の姿がない。

見回すと、いつの間にか、隣の田んぼに行っていた。農作業着姿の松原文子と、何か立ち話をしている。

葉子は手を伸ばして、山田錦の稲穂を触ってみた。籾は、小さいながらも、カッチリとしている。

「今年は、夏が暑かったから、米が硬くて溶けにくくなるだろうって」

葉子の言葉に、今日子が、ふっと微笑んだ。

「あんなに暑かった夏も、涼しくなってきて。夏の終わりって、ちょっと寂しいですよね」

その言葉を聞いたまりえが、手にしていた雑草を、ペッと用水路へ捨てた。あっという間に、流れ去って見えなくなる。

「んでねえ。夏なんて、さっさと終わっちまえばいいんだすよ」

思いがけなく、強い口調だった。ずっと一人ぼっちだった夏が、嫌いなのかもしれない。

意外な面持ちの今日子だが、特に気分を害した風でもない。にこにこと田んぼを見回していたが、いきなりクルリと軽やかに回って見せた。

「本当にここは、素敵ですよね。懐かしいなぁ。実は私にも、大事な思い出があるんです」

まりえの表情が、強張った。今日子の顔を、のぞき込む目が、吊り上がっている。

「まさか、あんたも康一さんと、何かあったんだすか?」

「とんでもない、何もありませんわ。子供のころ、ここはうちの田んぼだったって、それだけなんですよ」

葉子はハッとして、今日子の表情を伺った。だが、何事もなかったように、微笑んでいる。

秀造が、有機認証を取ろうと力を入れている田んぼは、元は木蓮酒造のものだったのだ。

「今度、うちで酒造りを始めるんですけど。ここのお米、使わせてもらえないかなあ」

「今日子さん。酒蔵、買い取ったんですか?」

これまた、驚いた。現在、酒造の新規免許は、事実上おりない。酒造業を始めたければ、休造している酒蔵を、免許ごと買うしか道は無かった。

業界保護のためとは言え、新規参入が阻害されている。閉鎖的で衰退しつつあるのが、現状だった。

「ここから少し西に行った、宍粟市にある酒蔵さんを。古いけど、いい蔵なんですよ。ヨーコさんも、一度、お仕事抜きで遊びに来て下さいな」

さすが、東京でも一、二を争う酒屋の大手。売るばかりでなく、オリジナルの酒造りも始めるらしい。

気づくと、農道に軽トラックが停まっていた。人の気配に続いて、田んぼのあぜに大きな人影が上がって来る。

「お今日《きょう》ちゃん。やっぱり、ここやったか」

速水杜氏だった。蔵では鋭く尖っている目が、なぜか優しい。

「克《かつ》さん！」

二人のやりとりに、葉子は目を丸くした。

「克さんに、お今日ちゃん？　ただならぬ、呼び方ですね？」

今日子が、すっと速水杜氏に寄り添って、そっとうなずいた。

「私たち、昔。一緒に暮らしてたこともあったんです」

「わしが、ふられた失恋レストランじゃったけ。まあ、貧乏杜氏より、甲州屋さんのような大店《おおだな》に嫁に入った方が幸せなのは、間違いないけどな」

「そんな風に、意地悪を言うのは、やめて下さいな」

「済まん」

今日子が睨むと、速水杜氏はあっさり頭を下げた。その仕草は、どこか微笑ましい。

「まだ、克さんが駆け出しの蔵人で、私が実家を無くし、帰る当てのない小娘のころ。四畳半に、転がり込んだんです」

今日子が、ころころと笑った。速水杜氏も、懐かしそうに微笑んでいる。

「狭くて、なあんも無い、暮らしじゃったなあ」

「でも、楽しい毎日だったわ」

速水杜氏が、スッと今日子から離れ、一歩進んで田んぼの縁に立った。葉子たちに背を向け、紅鯡雲の山田錦に見入っている。

「知ってますか、杜氏や蔵人には、二月と三月生まれが多いんです」

「冬の出稼ぎから、奥さんの元に四月に戻るからだろ。そこから、十月十日だ。エッチな話だねえ」

タミ子が、いつの間にか戻って来ていた。ニンマリ笑っている。

「蔵人は、冬場の造りは蔵に籠ります。克さんも、冬は留守。そんなとき、あの人に出会ってしまったんです。ひと冬悩んで、春、克彦さんが戻る前に、部屋を出ました。結果は、短い結婚生活になりましたけど」

今日子が肩を落とし、淋しげに微笑んだ。

「あんたは、それでずっと独りだったんだね」

タミ子が、速水杜氏の背中に声をかけた。

葉子も、噂は聞いたことがあった。流離《さすら》いの杜氏、腕利きで気風が良く、寄って来る女は多いが、誰一人、相手にしてもらった者はいないと。

山田錦を見つめ続ける無言の背中に向かって、タミ子がたたみかけた。

「無理して烏丸酒造に、杜氏として入ったのは、この田んぼが目当てかい?」

ビクッと肩を震わせ、疾風《かぜ》のように、速水杜氏が振り向いた。その細い目から放たれる強い視線が、どこか戸惑っている。

「図星だったようだね」

タミ子は、心底楽しそうだ。にやにやと笑っている。

「この田んぼの米で造った酒を、今日子さんに扱わせてやりたくて、無茶をしたんだろ」

速水杜氏が、目を見張った。信じられないという表情だ。

「えっ?!」

今日子も、呆気にとられている。慌てて、杜氏の顔をのぞき込もうとしたが、少し遅かった。

素早く速水杜氏が、田んぼの稲に向き直っていた。何も、言わない。だが、その背中は雄弁に何かを語っていた。

「克さん、そうだったの?」

何も返事は、返ってこない。だが、今日子は得心したようにうなずき、肩の力を抜いた。目が、潤んでいる。

「ありがとう……」

大きな背中に向かって、小声で、そっとささやいた。

ガーゼのハンカチを取り出し、涙を拭ぅ。そして、晴れやかな笑顔で、葉子に向き直った。

「あれから二十年。新しい酒蔵を始めるにあたって、克さんをスカウトに来たんです。昨夜もその話をしました。ぅちの蔵で働いて欲しいと」

「で、たこ焼き屋さんは、何と返事を?」

「残念ですけど……。でも、私は諦めませんわ」

速水杜氏が振り返り、山田錦から葉子たちに、視線を戻した。太い腕は、力強く組んだまま。

今日子が、よく透る声で一首詠った。

「瀬をはやみぃ、岩にせかるる滝川のぉ、われても末は、逢わんとぞ思うぅ」

「素徳院ですね！　今日子さん」

葉子も聞き覚えのある、百人一首だった。

「単なる杜氏じゃなくて、蔵元杜氏として、来て下さいって。改めて、お願いしてみます」

心なしか、速水杜氏の頬に赤みが差した気がする。

大入道が、わざとらしく大きな咳ばらいをした。

「ごほん。そうそぅ、あんたを迎えに来たんじゃった。警察の課長が、話を聞きたいって言っとるけ」

「警察ですか?」

「わしがついとるけ。心配はいらん」

「はい」

すっと今日子が、速水杜氏に寄り添う。

「すみません、ヨーコさん、まりえさん。お座敷がかかったようなので、ちょっと行って参ります」

二人、会釈を残し、するすると田んぼから立ち去って行った。

杜氏の軽トラックと、水色のワゴンが走り出す。つかず離れず、ぴったり同じ間隔を維持したまま、走り去っていった。

夕暮れにはまだ早いが、田んぼの赤とんぼたちの輪が増えてきた。二匹ずつ数珠繋がりになって、飛び回っている。

「いいすなぁ、あの二人。おらも、もう一度康一さんと一緒に、田んぼどご見てみだがったすなぁ」

まりえは小石を拾うと、とんぼに向かって投げつけた。だが、軽やかにかわされ、小石は田んぼへと落ちた。

「あの日、境港なんか行かず、ここについて来ればいがっだすなぁ」

「あの日って?」

「康一さんが、死んじゃった日だす」

「ついて来るって? 多田杜氏が、ここに来た? 何かの間違いじゃないのかい?」

サッと振り向いたタミ子の目は、鋭く刺すようだ。背筋が、しゃんと伸びている。まりえに詰め寄る姿は、いつになく、真剣。そんなタミ子を見るのは、葉子も初めてだった。

「間違いも何も、メールもらったんだすよ。おらが水木しげるロードさ、いるとき」

まりえの差し出したスマートフォンは、多田康一からのメールを受信していた。これから紅鮴雲の田を見に行くとあり、タイムスタンプは、あの日の夕方だった。

「返信したんだすども、それっきり音沙汰無しで。それが次の日、蔵に帰ったら、あんなことさなって
て……」

「多田杜氏が、死ぬ直前、ここに来てたなんて。そんな大事な話、なんでもっと早くに、話してくれなかったんだい？」

「だって誰も、何も聞かなかったがら」

無理もない。多田杜氏は、タンクに落ちた事故だと思われていたのだ。杜氏が蔵にいるのが、当たり前。誰もそんなことは、聞かないだろう。

タミ子の背が、スっと、伸びた。キラキラと輝く瞳で、稲と田んぼを見回す。何一つ、見逃すまいとするように。

「まりえさん、あんたの杜氏は、この田んぼについて何か言ってなかったかい？」

タミ子に問われ、まりえが顔を赤らめる。

「何だすって、わだすの杜氏だすって、しょっしぃー！」

ひゃーとか照れながら、話し始める。

「そういえば、誰か、ちょっかい出してる奴がいるって。悪さされてるって、言ってだすよ。水を抜かれそうになったりとか。それで、ちょくちょく見に来てたんだすな。この田んぼを」

タミ子が、じっと立ちすくみ、鷹のような目で田んぼとまわりを見据えている。在りし日の多田杜氏の姿を、そこに見ているかのように。

「あの日、杜氏がここに来て、何かあったのか？　何もなく、蔵に戻ったのか？」

誰に言うでもなく、タミ子はぶつぶつ呟いている。

「去年まで、きれいだった田んぼが、一年で雑草だらけになった」

タミ子は腕組みし、顎に手を添えている。

「そして、天津風の田んぼに間違われて、毒がまかれ。稲が枯れた。そこには何か、つながりがあるんだ。間違い無い」

ふと気づくと、さっきから断続的に鳴っていたサイレンは、パトカーだった。より音が大きくなっている。それればかりか、別音程のサイレンが割り込んで、不協和音を奏で始めた。救急車も、出動したらしい。徐々に、こちらに近づいて来ている。

気づくと、白いハイブリッド車に、エンジンがかかっていた。いつの間にか、富井田課長が運転席にいる。

胸騒ぎがして、タミ子を見ると、目が合った。珍しい真剣な眼差しが、スッと細くなり、頬の皺がいっそう深くよる。

そのとき、タミ子の携帯電話が鳴り出した。

三十三

仁王立ちする六五郎は、いつ部屋に入って来たのか。応接室の入り口に立つ姿は、小柄なはずなのに、巨大《おお》きく見えた。背にしたドアのステンドグラスを通し、七色の後光が差している。

「一子相伝で、受け継がれてきた玉麹の技。四百年以上に渡って、数々の艱難辛苦の折にも、ご先祖が守り通してきた技だ。おいそれと、人に知らせるわけにはいかん。田んぼのためなど、もっての他だ」

声こそ大きいが、口調は静かだ。それだけに、どっしりとした言葉の重みが、部屋を蔽《おお》った。

玲子は、すっと一歩前に出た。

「この蔵の酒造りは、四百年なんてものじゃない。もっとずっと古いだろう?」

六五郎の視線が、玲子に向いた。

じっと凝視された後、静かに口が開いた。

「なぜ、それを」

「八塩折《やしおり》の酒は、八岐大蛇《やまたのおろち》の時代からある造りだ。古事記や日本書紀の話。室町時代にできたという菩提酛《ぼだいもと》より断然古い。それを口伝で造り続けてるってことは、江戸時代創業とは思えない」

「さすがですなあ。昨日まで、酒のさの字も知らなかった人には、とても思えん」

六五郎は、我が意を得たりと、微笑んだ。

「それに気づいてくださる人に、我が一族の話を聞いていただきたくて、八塩折の酒の話もしているのですよ」

玲子も、目を細め、六五郎を見つめた。

「日本の酒造りの歴史は古い。いつくらいからかご存知ですか?」

六五郎は、全員を見回して、問いかけた。

「卑弥呼で有名な魏志倭人伝に、日本人はよく酒を飲むって書いてありますよね」

「さすがは、桜井会長。よくご存知だ。つまり三世紀末には、既に酒は飲まれてました。もちろん、今の清酒とは違う物です。どぶろくですな。そして、記紀には出雲の八塩折の酒が出てくる。島根は、この酒を元に、日本酒発祥の地と言ってます。また、それ以外に日本酒発祥の地を名乗って争ってる地域が、二か所。奈良と兵庫です。両方ともに、清酒発祥の地と碑を建てている。奈良は、菩提山正暦寺で南都諸白と呼ばれる酒が造られたことを。兵庫は、山中鹿之助の息子が清酒を初めて造ったことを碑にしている。播磨風土記にも酒の記載があるそうだ」

「どちらかが、発祥なら、古い方の奈良の勝ちだろう?」

玲子が、きっぱりと断定した。

六五郎は微笑み、小鳥のように、首を傾げて見せた。

「酒造りに使う、麹菌という微生物。カビの一種なんですが、毒を作らないのです」

「カビには、毒があるのか?」

「急性または、慢性障害を起こすカビ毒が。コウジカビの仲間のほとんどは、作ります。でも、唯一日本の麹菌だけは作らないのです。突然変異で、生まれたのでしょう」

現代の麹菌の遺伝子解析から、大元はたった一つの麹菌が、すべての麹菌の祖先だとわかったと言う。

「DNA鑑定の結果から、その菌は、京都の麹座の麹室の中で生まれたと、言われています。当時はまだ、樽や桶を作る技術が無く、酒は甕で作られてました。甕は重くて、割れやすいため、運搬に向きません。そこで、酒は消費地で造らざるを得ない。当時は、京都が大消費地でした。洛内には、たくさんの酒蔵があったのです」

「無数の甕が並ぶ酒屋の遺跡、写真で見たことがあります」

さすが、博識の高橋警部補だ。玲子も、新聞で見た写真を思い出した。京の街並みのように縦横に仕切られた升目に合わせ、ビッシリと並んでいる甕が出土したのだ。

「その酒蔵に種麹を卸してたのが、麹屋です。麹屋には、麹座という組合があり、麹作りを独占して儲けてました。その中の一つの麹室で、毒のない麹が生まれたと伝えられています」

皆、黙り込み。息を呑んで、六五郎の話に聞き入った。

「当時の酒造りは、麹座が麹を造り、酒座がその麹を使って、酒を造っていました。分業だったのです。その時代が長く続いた後、麹座が滅んで、酒屋が麹室を持って酒造りを始めます。そのころには、酒造りの原型は完成していたのです」

「京の洛中が、日本酒発祥の地だと言いたいんだな？」

六五郎は、満面の笑みを浮かべ、背筋を伸ばしてうなずいた。

「奈良の正暦寺なんかより、いっそう古い。麹の完成が、酒造りの完成です。日本醸造学会が、麹菌を国菌と定めた。まさにその通り。平安時代の京都の麹座は、軒数も多く、最も技術が発達していたのです。権力も持ち、世の中を動かしていました。ただ、それが疎まれて、麹座は解散させられた。高度な技術も飛散し、今では種麹屋は、ほんの数軒しか残っていません」

当時は、顕微鏡もなく、麹菌という菌のことは、誰一人として知らなかった。菌が生えて、白いもやもやのついた米麹を見ていただけだった。それにもかかわらず、カビ毒のない菌を、たった一株だけ選び出した。そして、それだけを培養して増やし、麹菌を広めたのだ。古の技術者の凄さは、想像を絶している。

「実は、この蔵……というより、我が一族は、その時代から酒造りを続けている家系なのです。玉麹もその時代の技術。今は失われてしまったと思われてますが、細々と伝承し続けてきました。もともと京都で酒造りをしていた一族です。それが、室町末期、応仁の乱で都が荒れ果てたときに、京を離れました。あちこち流離《さすら》った末に、この地で創業したと伝えられています」

四百年は、人が生きるには長いが、酒の歴史と比べたら、ずっと短い。代々、口伝の一子相伝で、伝わって来た秘伝玉麹の技術。いったい何人の口伝えで、残って来たのだろうか。

六五郎は、その場の全員を見据え、腹の底から声を絞り出した。

「延々と伝えられて来た、貴重な酒造りの技。田んぼごときのために、玉麹の技を、盗人に渡すわけにはいかん」

部屋の中に、重い沈黙の帳が降りた。誰一人として、六五郎に異議を唱えられる者はいない。

静寂を破ったのは、駆け込んで来た一人の警官だった。

勝木課長に走り寄り、耳元で何か報告をしている。

聞いた勝木の顔が、見る見る曇ったかと思うと、大声で吠えた。

「松原拓郎が、たった今見つかった」

その場の目が、一斉に勝木課長に向く。

「大変や、天津風の田んぼに、おるらしい」

聞いた瞬間、玲子は椅子を蹴って、車へと走った。

三十四

世界一の田んぼを背にして、松原拓郎が立っていた。

「来るな、近づくんじゃねえ!」

松原拓郎は、背に農薬噴霧機を背負い、ホースの筒先を天津風の田んぼに向けている。ビクビクと落ち着かない姿。眼は血走り、口の端からは、涎が漏れ落ちている。瞳は、グルグルと動き回り、一向に落ち着かない。時折、噴霧器の筒先を、こちらにも回して来た。

タミ子へかかってきた電話は、トオルからだった。松原拓郎が、天津風の田んぼにいると言う。

高橋警部補の警告を忘れ、葉子が天津風の田んぼへと走り出すと、すぐに富井田課長の車が拾ってくれた。話を聞いて、向かうところだったらしい。

現場近くの農道に、乗り捨てられた原付と、追跡して来たパトカーが停まっていた。後部座席に、警官がうつ伏せで寝ている。追ってきた警官が、農薬を浴びせられ、急性中毒を起こしたのだ。救急車のサイレンは、かなり大きくなっている。

あぜの上には、仁王立つ松原拓郎。田んぼを囲む、芝生のスロープの上、農道からは、見上げる格好になる。

残りの警官たちは、遠巻きに見るばかり。全く手を出す気配が無い。聞くと、応援が着くまで、手を出すなと、釘を刺されていると言う。

「拓郎！」

富井田課長が、声をかけたが、返事は無い。

ハアハア、息を切らす松原拓郎は、時々宙を睨み、あらぬ方へ噴霧器を振り回している。前後不覚だ。

「幻覚見てんのか?!　すっかり錯乱しやがって」

富井田課長が呟き、グッと歯を食いしばった。

田んぼでは、何も知らない山田錦たちが、気持ち良さげに風にそよいでいる。時折、秋の日差しに、黄金色の穂が輝いた。

だが、このままだと稲が、殺されてしまう。

「ヨーコさん、警官隊が来るまで、まだ五分以上かかります。でもあの様子では、それまで保たないでしょう」

葉子も富井田課長と、同感だった。いつ、農薬を噴霧し始めてもおかしくない。運悪く浴びる相手も、人か稲かわからない。

「僕が、遠回りして奴の背後に回ります。ヨーコさん、奴に話しかけて、気を逸らせてて下さい」

言い捨てると、葉子の返事も聞かず、富井田課長はさっと退いた。大回りして、田んぼの裏側から近づくつもりらしい。丸い体を、弾ませるように走り出した。途中で一瞬立ち止まると、葉子に合図して来る。なんでもいいから、話しかけろと言うことか。

そのとき、息を切らし、松原文子が自転車で現れた。農道からあぜに上がりかけて、叫ぶ。

「兄ちゃん、何してるの！　やめて」

妹の言葉には、聞く耳を持っていた。少しだけ、正気が戻る。

「うるさい。いつもいつも、俺に指図しやがって。もうお前の言うことなんて聞かねえ。俺のやりたいようにやる」

構えた噴霧器を、文子に向けた。引き金に指を掛けている。文子が頭を抱えて、地べたに伏せた。

思わず、葉子は数歩前に出てしまった。

松原拓郎の目が、こちらを見る。

ごくりと、唾をのんだ。

「よしましょう。そんなことは」

ふと、昔マタギに聞いた、山で熊に会ったときの話を思い出した。決して、背を見せてはいけない。目をしっかりと見据えること。そして静かに、語りかけた。

「よして、それをこちらに渡してちょうだい」

松原拓郎の目を、じっと見つめた。相手もこちらを見ようとするが、焦点が合っていない。

視界の隅で、富井田課長が死角を縫うように、進み続けている。

「馬鹿言え、渡せるわけねえだろ。てめえ何もんだ？　すっこんでやがれ」

わめきながら、片手で大きく噴霧器を振り回す。葉子は、思わず一歩後ずさりした。

「変な真似しやがると、この忌々しい田んぼもろとも、こいつを被ることになるぞ。大吟醸だかなんだか知らないが、酒なんか造れなくしてやる」

噴霧器の筒先を突きつけられ、パニックに陥りそうになった。だが、ここで逃げたら、田んぼは全滅だ。葉子は、辛うじて踏み留まった。

「この田んぼと一緒なら、本望よ。でも、酒を造れるとか、造れないとか。そんなのは、取るに足らないことだわ」

強がって見せただけだが、葉子に気圧されたのか、松原拓郎が一瞬黙り込んだ。パチパチと、忙《せわ》しなく瞬きをしている。

「あなた、その筒先を何に向けてるか、わかってるの？」

「聞くまでもないだろう。米だよ、米」

葉子は、小さく、しかしキッパリと、首を左右に振った。

「違うわ」

「？」

「赤ちゃんよ」

眉をひそめ、首を捻る松原拓郎。

「はぁっ？　なっ、なんだと？」

「お米は、なんのために生まれて来たと思ってるの？」

混乱しているところに、葉子はたたみかけて問うた。

「決まってるだろ、食うためだよ。朝昼晩ご飯を、食べるためだ」

葉子は、今度はわざとゆっくり大きく、首を左右に振った。

松原拓郎の顔が、訝し気に歪む。一瞬、身体の動きが止まった。その視線を捉えて、葉子は優しく語りかけた。

「お米は、種子《たね》よ。私たち人間に食べられるために、生まれて来るんじゃないわ。稲が、自分たちの子孫を残し、生命《いのち》を繋《つな》いでいくために、お米を生むのよ。つまり、お米は稲の赤ちゃん。あなたは、赤ちゃんを殺そうとしてるのよ」

松原拓郎は、目を丸くし、口をぽかんと開けた。

「赤ん坊？　米が稲の……？　何言ってんだ、てめえは?!　だいたい何もんだ？　さっきから、聞いてんだろうが」

「私は……」

なんと答えるか、一瞬口ごもった瞬間。葉子は、玲子に言われた言葉を思い出した。

「私は、妖怪。田の神よ」

「田の神?!」

松原拓郎の目が、きょとんとする。

伏せていた文子も、すっと頭を上げた。

「そうよ、この田んぼを守る、田の神」

葉子は、両手で天津風の田んぼを、指し示した。

音を消したパトカーが、続々と到着するのが、視界の隅に入ってきた。あえて、少し離れて停まっている。

「その田の神が、いったい俺に、なんの用だってんだ?」

呂律が、回っていない。

パトカーから、玲子たちが静かに降りて来る。相手を刺激しないためだろう。

葉子は、松原拓郎をじっと見つめた。

「知ってもらいたいの。一粒の米が、もし死ななくて、芽を出し稲に育てば、千粒の米を生むのよ。それは、自分の子孫を残すため。人が子を為して、育てるのと一緒」

「一粒が、千粒……」

松原拓郎が、目を細め、ゆっくり頭を左右に振った。しかし、耳を貸さないわけではない。理解しようと、努力はしている。

「お米も、人間と一緒。だから、兄弟だってあるわ。穂の先に実るのは、長男。次に生まれる中ほどの次男、根元に近いのは三男。皆それぞれの個性がある。早く大きく育つ長男、兄さんに追いつきたい次男に、まだまだ青い三男」

「米の兄弟だと?」

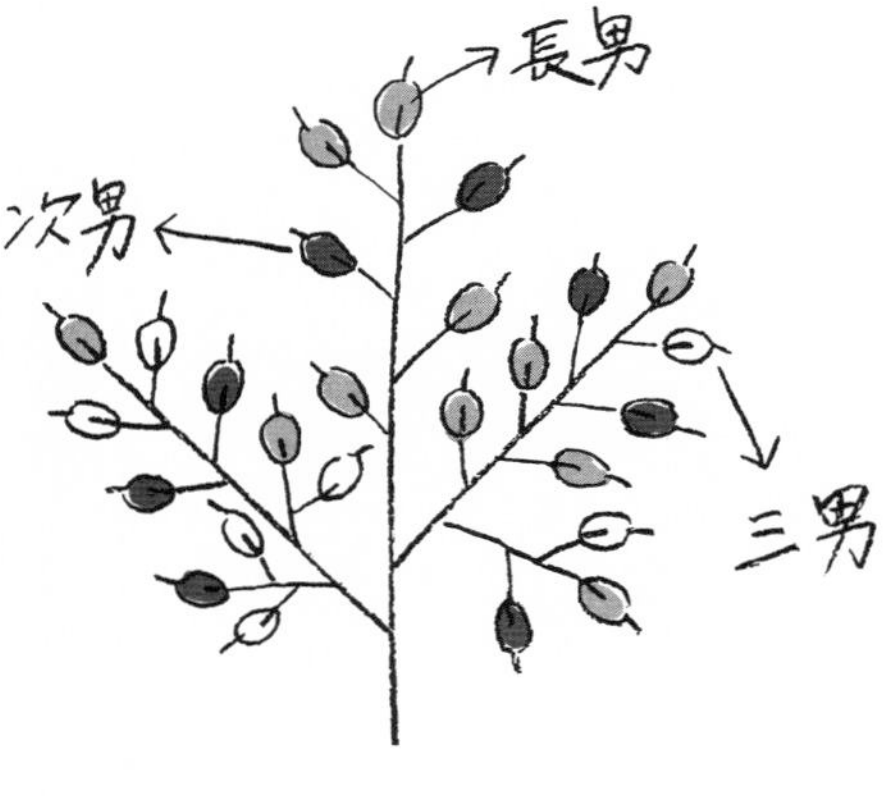

松原拓郎が、田んぼの稲穂を、ちらっと見た。

富井田課長は、田んぼのあぜの陰に隠れながら、慎重に近づいている。もう少しだろう。

しかし、いつの間にか葉子は、当初の目的を忘れて、話し続けていた。語らずには、いられなくなっていた。

「そんな兄弟たちも、いつも全員が実れるわけじゃない。豊作の年は、皆が実る。でも、今年のように不作のときは、次男や三男の分の栄養を長男に渡すの。それで、長男だけを実らせる。子孫を残すために、弟たちが、犠牲になるのよ」

「弟が犠牲になって、兄を活かすのか?!」

「そうよ、仲のいい兄弟たち。皆、必死に生きてるの。お酒になろうと思って、お米は生まれてくるんじゃない。酒を造って飲むのは、人間の勝手な都合に過ぎないわ。だから、お酒の一滴一滴、ご飯の一粒一粒を、大切にいただかなきゃいけないのよ」

松原拓郎が、田んぼを振り返った。頭の揺れが小さくなり、視線が落ち着いて、瞬きも減ってきている。

「それなのに、将来ある稲の赤ちゃんを、あなたは無駄死にさせようとしてる。しかも、残酷に。その薬をまいたら、兄弟皆死んでいくわ。ゆっくり苦しみながら、徐々に枯れて、倒れていくのよ」

葉子は、両手を広げて、山田錦の田んぼを指し示して見せた。

「この田んぼには、一千万粒以上の命が宿っている。東京並みの人口よ。それを、あなたは虐殺しようとしてる。その手で」

ちょうどそのとき、天津風の田んぼに、ひと際強く風が吹いた。渡って行く風に稲穂がそよぎ、思い思いの向きで、陽の光を乱反射する。籾が、キラキラと、金色に輝き出した。

その美しさには、松原拓郎も目を奪われている。

「お米たちは、怖がっているわ。わかるでしょ、あなたにも。どうかお願いだから、それを渡してちょうだい」

葉子は、一歩前に出て、両手を差し出した。じっと見つめると、相手の視線が、落ちる。

「赤ん坊殺し、俺の手が……」

呟き、松原拓郎が自分の手に目をやった。

その瞬間、数メートル背後まで進んでいた富井田課長が、突進し、相手の足元にタックルをかけた。二人、もんどりうって、斜面に倒れ転げる。伏せていた文子も、飛び上がって駆け寄った。

うめき続ける松原拓郎の耳元で、富井田課長が二言三言、呪文のように呟く。すると、いきなり静かになった。文子が、農薬の噴霧器を取り上げるのにも、逆らわない。おとなしく手渡してきた。

松原拓郎を押さえ付けながら、富井田課長が振り向き、笑顔で親指を立てて見せた。

離れて様子を見ていた警官たちも、駆け寄って行く。

「ふぅっ」

安心した瞬間、葉子の腰が抜けた。ペタンと、尻もちをつきかける。それを、後ろから支えてくれる手があった。

秀造だった。どうやら、葉子と松原拓郎のやりとりを、途中から聞いていたらしい。

「ヨーコさん、スゴイ！」

「えっ？」

秀造の顔を、仰ぎ見た。すると、なんとか自分の力だけで、立ち上がれた。

「お米は、稲の赤ちゃん。ヨーコさんに言われるまで、考えたことも無かった。自分にとって、米は酒の原料に過ぎない。原料としてしか、見てなかった。でも、赤ちゃんなんですよね。稲にとっては」

大切なことを、伝えることができたらしい。葉子は安堵して、大きくうなずいた。

「米が赤ちゃんなら、田んぼは、赤ちゃんを育てる揺りかごでしょうか。田んぼを守るために、惜しむことは、何もないな」

秀造は、天津風の田んぼを、愛おしそうに眺め回した。目が、輝いている。

「例え、玉麹の作り方にしても」

秀造が、肩の荷を下ろしたように、微笑んだ。

「父と、話してきます。なんとしても、説得します。ヨーコさん、安心して下さい。天津風の田んぼに毒はまかせません」

「秀造さん、ありがとうございます」

なんのことかピンとこなかったが、葉子は秀造の手を握り締めた。

玲子も、葉子のもとへと、歩み寄って来た。

「お米は、稲の赤ちゃんか。言われてみれば、その通りだが。よく思いつくな」

玲子に褒められたのは、初めてかもしれない。

「秋田の夏田冬蔵さんという方に、教わったんです。夏は田んぼで、米作り。冬は酒蔵で、酒造りをされてる方。私の知る限りで、誰よりも、酒造りの米に詳しく、稲を心から愛している人です」

「会ってみたいものだ。その人に」

玲子の目がスッと細くなり、ふっと微笑んだ。

そのとき、サイレンが鳴り響いた。松原拓郎を乗せたパトカーが、走り出して行く。

「あの人が、犯人だったんですか？」

玲子の表情が、サッと硬くなった。

細い首が、左右に振られると、美しい黒髪が風に舞った。

「最後の要求状が、さっき届いた。玉麹の作り方を、広告に載せろだと。あの男では、ないな」

「じゃあ、いったい誰が？」

三人は、無言で立ちすくんだ。

古代から吹き続けているはずの風が、一瞬凪いだ。

三十五

月曜の朝、葉子が兵庫新聞の朝刊を開くと、烏丸酒造の全面広告が掲載されていた。

日本酒全体を応援する広告で、全国の酒銘ラベルが、すべて勢揃いしている。

北は北海道から、南は九州まで、日本地図をバックに全銘柄のラベルが一同に並ぶのは、壮観な眺めだった。

全国の日本酒銘柄を、応援する内容なのだ。

「すべての日本酒に愛を!」とコピーがついた。自社だけでなく、日本酒業界全体を底上げしようという、壮大な広告。

そして、広告の隅に、さりげなくQRコードが、一つ印刷されていた。

葉子が、試しにスマートフォンでコードを読み取ってみると、意味をなさないカタカタの文字列が現れた。この暗号文字列を、トオルの言ってたなんたらソフトとパスワードを使うと、玉麹の作り方がわかるのだ。

古代から伝わる口伝は、それ自体が暗号のように聞こえるだろう。

葉子は、暗号を解読して、その言葉を聞いてみたいと思った。

携帯電話の着信音に、我に返ると、相手はタミ子だった。

「ヨーコさん、広告見たかい?」

「はい、今ちょうど、見てるとこです」

「うちもさ。いい広告じゃないか。日本中の酒蔵を応援するなんて。秀造さん、大したもんだ」

「本当、せっかく広告出すなら、こういうのがいいですよね。皆の役に立ちます」

葉子は、一瞬口ごもった。

「でも、やっぱり悔しいです」

声が、かすれていた。

「やられちまったからね」

「すっごい悔しいです。まんまとしてやられて。犯人はわからずじまい、玉麹の技術は盗まれちゃう。五百万円は返ってこない」

「そうだろ、そうだろ。やられっぱなしじゃ、悔しいよねえ」

こんなときなのに、なぜかタミ子の口調は、どこか楽しげだ。

タミ子が、ひと呼吸おいて、続けた。

「だからね、ヨーコさん。今度はこっちの番だよ」

「なんの番ですか?」

「決まってるだろ。やり返す番さ」

ぴくんっ。葉子の心のどこかが、刺激された。

「やり返すって、犯人に?」

自分の声に、ハリが出ている。

「そうさ。玉麹を、取り戻すんだよ」

葉子の電話を握る手に、力が入った。

「玉麹を取り返すって、そんなことができるんですか?」

「もちろんだよ! このままじゃ、終わらせない」

「もちろんって、おかあさん。まさか、犯人の目星が、ついてるんですか?」

「まあね。トオルからも、いろいろ聞いてね。ようやくわかった」

「おかあさん、凄い！」

「昔の探偵小説なら、ここで〝読者への挑戦〟てのが、入るところさ」

「なんですか、それは？」

「若い人は、知らないだろうねえ。一世紀近く前、流行ったんだよ。すべての手がかりが揃ったから、犯人を当ててみろってね」

目を丸くする葉子の耳に、電話の向こうから、ふふふっと笑う声が、返って来た。

その声を聞くうち、なぜか葉子の顔も緩んできた。

ふふふっ、と電話のこちら側でも笑ってみた。

三十六

烏丸酒造の全面広告が、掲載されて一週間後。兵庫新聞に、新たな広告が大きく掲載された。

「烏丸酒造へ。玉麹の口伝は、偽物だった。試してみたが、玉麹は作れない。約束を破った以上、覚悟はできているな。天津風の田んぼは、もうおしまいだ」

そして「あまこうじの、てんたかく……」と、玉麹作りの口伝全文が、平文で記されている。

新聞を見た勝木が、すっ飛んで烏丸酒造に行くと、蔵の中はざわついていた。蔵人たちが、動揺しているのがわかる。

副杜氏の大野を捕まえたが、彼も状況がわかってないらしい。蔵人は誰も、社長には直接訊ねられず、右往左往している。

間もなく、富井田課長の車が走り込んで来た。富井田課長は、一つの躊躇も無く、屋敷へと走り込んだ。秀造を呼び出して、問い質《ただ》している。

秀造の表情は、このうえなく暗い。

「烏丸さん、この広告はなんなんですか？　いったい、誰が？　何のために？」

「誰って、犯人以外、誰がこんなもん出すんです？」

一瞬、富井田課長は口ごもった。だが、すぐに言い重ねてきた。

「そんなこと言ってんじゃありません。ここに書いてあることは、本当なんですか？　ＱＲコードは嘘で、玉麹は作れないんですか?!」

富井田の表情は、恐ろしく真剣だ。相当に、心配しているらしい。

「仕方なかったんだ、これしか方法はなかった」

秀造が、目を逸らし、俯いた。

「この口伝では、玉麹を作るのは、無理だな」

太く低い声に振り向くと、速水杜氏が立っていた。今朝の新聞を、持っている。

「麹作りを極めた者なら、それはすぐにわかる。玉麹作りの重要なところが、すっぽり抜けているからな」

「嘘だったなんて！」

秀造は、無言。だが、その表情は、雄弁に肯定している。

富井田課長が、蒼ざめた。

「でも、無茶でしょう！　嘘を教えたら、田んぼが無事に済むはずないじゃないですか？　どうするんですか？　ヤバイじゃないですか、それは」

富井田課長の声は、悲鳴に近い。

「やばくても、なんでも。仕方なかったんだ」

秀造が、壊れたレコードのように、繰り返す。

ここで勝木も、話に割って入った。

「烏丸さん、事情はようわかりませんけど、状況はわかりました。玉麹の技術が偽物とわかったら、犯人は間違いなく、天津風の田んぼを狙って来ますわ。当面、警備のため、警官を配置せなあきませんから、了承下さい」

「勝木課長、よろしくお願いいたします。こんなことになってしまい、本当に申し訳ない」

ふらふらと頭を下げると、秀造は屋敷の奥へと歩み去って行った。

その後を見送って、速水杜氏も蔵へと去った。

富井田課長は、蒼白な顔で震えている。

「大丈夫、大丈夫。田んぼは、我々が守ってみせますから、安心しとってや」

勝木は、ポンと富井田課長の肩をたたくと、部下に天津風の田んぼ周辺を監視するように、指示を出した。

播磨署に戻ると、葛城玲子が待っていた。

「どんな感じだった？」

「なんとも、言えまへんなあ。容疑者の車には、ＧＰＳが付けてあります。今のところ、特に不審な動きは、ありませんな」

「あの人の予想だと、動きがあるとすれば、四、五日経ってからだ。それまで、待ちだな」

「当たりますかねえ。その予想が」

玲子は、ぴょこんと肩をすくめて見せた。

あの葛城玲子が、そんな仕草をするなど、今までにない。勝木は、少し動揺してしまった。

容疑者に動きがあったのは、五日後の夜だった。

勝木は、タミ子の予想に賭け、その日の張り込みに出ていた。どうせなら、自分の手で犯人を捕まえたかったのだ。

その勝木に報告が入った、容疑者の車が動き出したと。

容疑者は、勝木が乗って隠れている車に向かって、つまり天津風の田んぼに向かって走って来ている。

もちろん、田んぼの近くまでは来ないだろう。警官が警護しているからだ。警護を避けるため、一キロ以内には近づかないはず。

離れたところからドローンを飛ばして、毒を撒くだろうと、タミ子は予想していた。

天津風の田んぼに向けて、ドローンなどを飛ばすとしたら、どこが適地か、トオルから連絡が来ている。何か所かあるうちの第一候補地で、勝木は待っていた。

容疑者の車は、着々と勝木に向かって走行中と、報告が入り続ける。

やがて、遠くから近づいて来るヘッドライトが、視界に入った。

見晴らしのいい、少しだけ小高い丘の上。近づいて来る車があれば、すぐにわかる場所だ。

ヘッドライトが、どんどん近づいて来る。慎重な運転だ。やがて、勝木たちの隠れている前を通り過ぎると、徐々に速度を落とし、静かに停まった。

少しの間、何も起こらなかった。やがて運転席から、人影が降り、辺りを見回す。

確認して安心したらしく、車から荷物を取り出す。ドローンだろう。

人影が、ドローンを地面に置き、離陸させたのを確認して、勝木の車はライトを点け、動き出した。

反対側からも、覆面パトカーが動き出している。

ヘッドライトに、白いハイブリッド車が照らし出される。

容疑者の目の前に、車を急停車した。飛び降りた勝木は、意表を突かれ動けないでいる人影に駆け寄った。

タミ子の言葉通り、その男は富井田哲夫だった。

三十七

タミ子とトオルの店は、その夜も満員御礼だった。

ホールのように天井が高く、席が詰め合っているのに、不思議と圧迫感はない。フロアの半分ほどは、ロフトのように中二階になっている。階下の席は、洞窟の中のような包まれ感があった。その向かいの天井高くに祀られているのが、大きな神棚。それを囲むように、所狭しと酒蔵の藍色の前掛けが飾ってある。

詰め合った五十席すべてが、きっちりと埋まっていた。空いてる席は、無い。

壁面に設えた胸高のカウンターの向こう側が、タミ子の城、厨房だ。客の飲み食いペースを見定め、最適なタイミングで料理を仕上げて出してくる。厨房と客席の境に、横長の暖簾が掛かり、『春夏冬　二升五合』と染め抜いてあった。

葉子と玲子、まりえに秀造と、桜井会長の五人で、テーブルを囲んでいた。冷蔵庫の正面、特等席である。定番のひたし豆、大ぶりの鯛を丸ごと炊く鯛の梅煮、いかの鉄砲焼、エシャロット味噌、汁ごと盛る厚揚げの甘辛煮、酒粕料理のしもつかれなど。タミ子特製、手作りの晩酌つまみが、卓上に並んでいる。各人が、天狼星を初めとして、思い思いの酒を、手にしていた。

神棚の真下、壁面幅全部を使っているのが、ガラス張りの冷蔵ケースだ。日本酒が、ギッシリと詰まっている。トオルが魔術師のように、冷蔵庫の手前から奥から、注文に応じて、酒を引き出してくれる。

最前列に並ぶのが、今、最も売れている酒。それを見るためだけに、定期的に通っている酒屋もいるくらいだ。

うまいつまみに、おいしい酒。飲み手が盛り上がると、混然一体とした雰囲気は、地響きならぬ、床響きのようだ。やがて鍋が振る舞われ、締めの雑炊で満腹にさせる。

夜も更けてくると、客たちは、一組、また一組と、波が引くように引き上げて行った。

その夜、最後に店に残ったのは、葉子たち五人だった。

「酒も料理も、全部うまかった。素晴らしい」

玲子が、ニヤリと笑った。顔色一つ変えていない。

「葛城警視、凄い強いね。あんなに飲んだのに、素面《しらふ》みたい。大したもんだ」

卓上を片付ける手を止め、トオルが唸った。数多くの酔客を、見て来たはずだが、心底、感心したらしい。

「いつ来ても、大満足。毎日でも来たいなあ。この店には」

桜井会長は、今日もご機嫌である。

「噂通り、いやそれ以上だ。もっと早くに、来たかったなあ」

秀造が、惜しがっている。

「すっごい、うまかっただす。おかあさん、名人だすな」

「まりえさん、ありがとうね。今度教えてあげるよぉ」

タミ子が、厨房の奥から大声で応えた。

トオルが空いた皿を片付け、各人一杯ずつの酒だけが残った。

「そしたら、おかあさん。種明かしをお願いできますか？」

葉子が、厨房の入り口まで行き、タミ子に声をかけた。

「あいよー、今行くからね。ちょっと、待っておくれよ」

タミ子は、厨房から出てくると、よたよたと椅子に腰かけた。

「ふいーっ、よっこいしょういち」

皆の顔を、ゆっくりと見回す。喜色満面、余裕の笑顔だ。

「で、何から話そうかね？」

葉子は、膝を乗り出した。犯人の名を聞いても、いまだに信じられない。

「本当に、トミータさんだったんですか？」

タミ子と目配せし、玲子がうなずいた。

「今朝、一連の事件の犯人として、富井田哲夫が逮捕された。罪名は、多田康一杜氏の殺害および、烏丸酒造に対する脅迫、器物破損。これは、田んぼのことだな」

葉子は、目をつぶり、黙ってくちびるを噛んだ。

富井田課長は、命の恩人である。また、いろいろと親切にもしてくれた。犯人だなどと、信じられない。だいたい、玉麹の技術を知っても、役立てようがないではないか。

「本人は、完全に黙秘しているが、物証が出てきているので、逃れられないだろう」

「ヨーコさん、ホントのことなんだよ。一連の事件、富井田課長が犯人なのは、間違いない」

「おかあさん、わたすも信じられないんす。あの人さ、兵庫に赴任して来てから、ずっと知ってるども、そったださ悪いことできる人じゃないんす」

まりえも、つぶらな目をいっそう丸くして、驚いている。

「だいたい、玉麹の作り方なんて知っても、トミータさんには、なんの役にも立たないじゃないですか？」

葉子は、話の理不尽さに腹を立て、目くじらも立てて、タミ子に食ってかかった。

「玉麹の作り方なんて、どうでも良かったんだよ。それを知りたくて、やったわけじゃないんだ」

タミ子は、意味不明なことを言い出した。嬉しそうに、笑いながら。

「それだけじゃない。天津風の田んぼだって、興味なんかなかったのさ」

玉麹の作り方は、どうでもいいと言われて、葉子は混乱した。おまけに世界一の田んぼも、関係ないと。この人は何を言っているのか？　ついに、ボケてしまったんだろうか？

「それなら、なぜ？　あんな脅迫ざたを？」

それまで黙って聞いてた桜井会長が、口を開いた。

タミ子とトオル、玲子は、上機嫌だ。皆が狐につままれているのを見るのが、楽しくてしょうがないらしい。

「紅緋雲の田んぼに、農薬をまきたかったのさ。まくこと自体が、犯人の目的だったんだよ」

「農薬をまくことが、目的？　いったいどういうことです」

「あんな雑草だらけの田んぼに、今さら農薬まいてもしょうがないでしょう？」

「ちょっと、そういう言い方は、失礼じゃないですか?」

思わず葉子は、桜井会長に食ってかかった。秀造も、同感のよう。桜井会長が、頭をかいた。

「まあ、ヨーコさん。黙ってお聞きよ。紅鮭雲の田んぼに、農薬がまかれて、何が起こった?」

「何って、稲が枯れました。あと、雑草と」

タミ子が、ニヤリと笑ってうなずいた。

「そう、あの田んぼは、農薬がまかれて、有機認定が取れなくなったろ。結果として、オーガペックが来ないことになった。それが、本当の目的さ。オーガペックが、あの田んぼに来ないように、農薬をまいたんだよ」

「いったい、なんのために?」

「こいつのためさ」

タミ子が、手品のように、一本の稲を取り出した。

大ぶりで、籾《もみ》には芒《のぎ》がある。よく見ると、籾の内側に紫色がついていた。

「ディープパープルさ。脱法ライスの」

「?」

「あの田んぼの隣で、富井田課長と松原文子は脱法ライスを育ててたんだ。オーガペックが調査に来たら、それが一発でばれちまう。奴らは、隣の田んぼにまでズケズケ入って、調べるからね」

その瞬間、葉子は、毒のまかれた朝のことを思い出した。

タミ子が、隣の田んぼから持って来たラベンダー色した稲のことを。

「あっ、おかあさんが取って来ちゃった、稲のことね！」

「ヨーコさん、その通り。おっかあが、隣の田んぼから盗って来ちゃった稲。よそんちの田んぼから、そんなもん盗ってくるなって、自分が怒ったけど、ケロッとしてたろ。あれがディープパープルだったんだ」

トオルは、にこにこ笑っているが、どこか悔しそうだ。

「じゃあ、おかあさんはあのとき？」

「ヨーコさん、最初は珍しい稲だなって思って、持って帰っただけ。ただ、後でトオルにちょっと調べてもらってね、こいつはもしかして？　と思うようになった。それで、どっかで調べてもらうつもりでいたら、ちょうどいいことに、この人が担当だってんで、渡したんだよ」

タミ子が顔を向けると、玲子がうなずいた。

「ビンゴだった」

「あの隣の田んぼで、脱法ライスが栽培されてたなんて」

葉子は、そこでまた、考えたくないことを思い出した。

「紅鯡雲の隣の田んぼって、確か松原文子さん、農業女子の田んぼだったんじゃ」

「ヨーコさん、その通り。あの子が、育ててたんだよ。田んぼの真ん中で、正々堂々。でもこっそりとね。ディープパープルを」

「どうして？　あんなに、いい子なのに」

葉子は、ショックの連続に、両手で顔を覆った。

「たまたま、あたしは暇だったから、隣の田んぼを見てて気づいたけど、普通だったら気づかなかったろうねえ。若いのに、大した子だよ」

「後継者の少ないあの辺りでは、珍しく頼りになる女の子でした。かなり有能でしたね」

秀造も、じっと考え込んでいる。

「ただね、ヨーコさん。オーガペックの査察は別。奴らは対象田だけでなく、周囲の田んぼも、立ち入り検査するからね。紅鯡雲の田んぼの検査に来たら、文子の田んぼにも立ち入られ、ディープパープルを植えてるのが、一発でバレちまう。あたしだって、気づいたくらいだ。鵜の目鷹の目で、アラ捜しする奴らが見逃さないはずはない」

冷んやりしたすきま風が、スッと吹き抜けた。

もう深夜近い、店の外も内も、静まり返っている。皆、タミ子の話に聞き入った。話の切れ目では、針が落ちる音も聞こえそうなくらいだ。

「すべては、紅鯡雲の田んぼに鍵があったんだよ。いいかい、多田杜氏が亡くなる直前、見に行っていたのが紅鯡雲の田んぼ。実際に毒をまかれたのも紅鯡雲。春先に水を抜かれる悪戯《いたずら》されたり、その後も雑草が生えるよう細工されたのもそう。天津風の田んぼも、玉麹も、カモフラージュに使われてただけなんだ。本当の目的は、紅鯡雲の田んぼだったのさ」

「今年の春先に、三年計画で紅鯡雲の田んぼを有機認証取るって言ったら、富井田課長にメチャクチャ反対されました。なんで、そこまで指図されるのか、むかつくくらい」

秀造は、そのときのことを思い出したらしい。口をへの字に曲げた。

「そのとき、早植えのディープパープルを植えた後だったんだろう。山田錦の田植えは、遅いからね。秀造さんが、オーガペックに頼むのはわかってるから、奴も必死だったんだ。有機認証取るのをやめさせないと、バレちまうのは時間の問題だ」

「もしかして、天津風の田んぼの看板を盗んだのも？」

「秀造さん、鋭いね。富井田課長か、文子だろう。間違えて、紅鯡雲の田んぼに毒がまかれたと思わせるためにね」

「康一さんも、脱法ライスのために、殺されたんだすか？」

まりえが、囁くように訊くと、タミ子がうなずく。

「富井田課長は、田植え直後に、紅鯡雲の田んぼの水を切りに行った。雑草がたくさん生えて、除草剤をまかなきゃならなくなるように。秀造さんが有機認証を諦めれば、オーガペックが来ることもない」

「それで雑草があんなに！　ひどい奴だなあ。あの田んぼだけ、妙に雑草多いから、なんでだろうって、ずっと不思議だったんだよね」

秀造は、一人で納得している。

「ところが、そこを多田杜氏に見つかってしまった。杜氏も、年の割には腕に自信があった。詰問されて、二人揉み合いになり、誤って気絶させてしまったんだろう」

「そんたださとで、康一さんを気絶させたんだすか？　ひどいっす！」

嘆くまりえの肩を優しくたたき、タミ子は話を続けた。

「あの日は、蔵人皆で宴会に行くことになってたろ。富井田課長は、当然誰も来ないと思って安心して、水門を開けてたんだろうね。ところが、多田杜氏に不意を突かれた。水を抜いてるとこを見られちまったのさ。それで、気絶までさせたら、もう言い逃れはできない。仕方無く、意識の無い杜氏を動けないように縛り上げ、乗って行った車の後部座席の足下に転がした。そのとき、車の後部座席下に、ビニールシートを敷いて目張りをしたんだろう」

「ビニールシート？」

「そう、空気が逃げないようにね。その足で、ロードサイドのアイスクリーム店に寄り、ドライアイスを買った」

「アイスクリーム店って？　もしかして」

葉子の問いに、タミ子はうなずいた。

「そう、ヨーコさんが退院した朝。あたしたちが、アイスを買った店だよ」

「ドライアイスなんか、買ってどうしたんだす？」

まりえは、瞬きもしない。瞳が、いっそう大きく見開かれていた。

「宴会の料亭まで行って、駐車場に車を置くと、杜氏の背中近くに、ドライアイスを置いたのさ。すると、揮発して二酸化炭素になる。空気より重いから、ビニールシートと目張りで車外には漏れない。車内の床上は、二酸化炭素がいっぱいに溜まった。意識を失った杜氏は、二酸化酸素で一杯になった車内で、窒息死したんだよ」

まりえが、バンっとテーブルを叩いて立ち上がった。

「ほたら、あの日。皆が楽しく飲んでる店のすぐ横で、あの人は死んだんだすか？」

目から、ぽろぽろと涙を流している。

「康一さんが、可哀そう過ぎるっすぅ」

タミ子は、そっとうなずいた。そして、淡々とした口調で、話を続ける。

「宴会の途中で、富井田課長は、杜氏が死んだのを確認したはずさ。その後、車の窓を開けて換気する。そして宴会が終わった後、何食わぬ顔でいったん帰り、深夜改めて蔵に乗りつけた。杜氏の亡骸《なきがら》を、もろみタンクに放り込むためにね」

「それじゃ、お腹こわしたって、宴会で酒を飲まなかったのも」

「仮病だよ」

「なんて、恐ろしいことを」

葉子には、そのときの情景が目に浮かぶようだった。

真っ暗い夜、人気のない駐車場に乗りつけた車。運転席から降りた犯人が、後部座席から小柄な杜氏を下ろし、近くにある台車に載せる。それを押して、蔵へ向かう二人を煌々と照らす月光。台車ごと、仕込み蔵へと入り、勝手知ったる他人の家、仕込み蔵の一番奥にあるタンクへと。タンク上の足場へと、持ち上げてから、タンクの中へと杜氏を投げ落とした。

葉子は、ギュッと目をつぶり、両手で肩を抱くと、身を震わせた。

「二酸化炭素による窒息死だから、どこで死んでも死因は一緒さ。車内だろうが、もろみタンクだろうがね。区別は、つかない。犯人の目論見通り、杜氏はタンクに落ちて窒息死したことになった」

「でも、老人で小柄といっても、ひと一人担いでタンクに投げ込むのは、無理じゃないですか？　あんなに高いタンクじゃ」

「そう、ヨーコさんの言う通りさ。たぶん、二人でやったんだろう。文子と二人でね」

「ああ、そこでも文子さんが、手伝ったんですね」

「捜査令状を取って、岩堂鑑識官に富井田課長の車を調べてもらったら、杜氏の痕跡が出た」

玲子の説明によると、シートやマットから、毛髪や皮膚片らしい物が見つかった。ＤＮＡ鑑定から、多田杜氏のものと同定されたらしい。

「もちろん、犯行の後に車内清掃はしただろうが、そんな簡単にひと一人の痕跡を消すのは難しい。岩堂鑑識官の鋭い目を誤魔化せるはずはない」

「あたしたちが、乗せてもらったあの車に？」

「そういうことさ。ちょっとショックだね、あの車の中で、杜氏が殺されてたなんて」

タミ子が、ことも無げに言う。

「うっ、うーん」

まりえが、倒れかかるのを、葉子は咄嗟に支えた。無理もない、葉子も眩暈《めまい》がしそうになっている。

「でも、なんで、わかったんですか？」

タミ子が、にやりと笑った。鋭い目が、輝いている。

「富井田課長の最初に言った一言からだね」

「いつですか？」

「毒がまかれ、富井田課長が田んぼに駆けつけて来た朝。奴は、真っ直ぐここに飛んで来たって、言ったんだよ。そんときは、特に何も思わなかったけど。後で、あの田んぼが天津風の田んぼじゃないって聞いて、おやって思ってね」

「そんなことを言ったんですか？　そりゃ確かにおかしい」

桜井会長が、手を叩いて、うなずいた。

「天津風の田んぼに、毒をまいたって手紙の話を聞いて、紅緋雲にまっすぐ行くなんて。ありえない」

「その通り。秀造さんでさえ、ヨーコさんの連絡があったから、紅緋雲に行ったんだ。普通なら、天津風に行ってから悩むさ」

「なるほどですねぇ」

「加えて、この」

タミ子は、ディープパープルの稲を掲げ上げて見せた。

「文子の田んぼが、来週刈り入れと、ちゃんと知っていた。品種を知らなければ、できない相談だよ」

一同揃って、大きな吐息をついた。タミ子の推理には、感心するしかない。

「富井田課長が犯人だと考えると、いろんなことに辻褄が合う。杜氏が死んでからタンクに投げ込まれたとわかって、玲子さんにアイスクリーム店を調べてもらったんだ」

「ドライアイスは、販売店に記録が残る。杜氏が死んだ日に、大量に売った記録が店に残っていた。バイトに確認したところ、その日買って行ったのは、富井田課長だと思い出した」

玲子も、淡々と語り始める。

「それで、奴を炙り出すために、罠をしかけた」

「二回目の新聞広告ですね？」

タミ子が、にっこり笑って、うなずいた。

「ワカタさんに相談してね。すべて話したら、頼んだ通りの広告を出してくれたんだよ」

「でも、広告出すのって、高かったんじゃないですか？」

「二つ返事で、引き受けてくれたよ。天津風の田んぼは、今の自分のすべてだって。犯人を捕らえるためなら、全然惜しくないって。言ってくれてね」

さすが、世界のワカタヒデヨシだ。日本酒愛、田んぼ愛のスケールが違う。

「あの玉麹の口伝は、偽物だったんですか？」

「いや、掛け値なしの本物さ。最初に広告出したときは、そこまで考えてなかったからね」

タミ子が、グラスに手を伸ばした。天狼星純米大吟醸で、満たしてある。

「玉麹の作り方が、本物かどうか。富井田課長には、判断つかなかったんだよ。麹を作ったことなんてないからね。そもそも、どうでも良かったんだ。玉麹作る気なかったし。そしたら、偽物だって広告に出て、パニックになってしまった。広告に載った口伝と、ＱＲコードから暗号解読した文面を比べたら全く一緒。どこかで情報が漏れたと思った。それで、慌てて蔵へ行って、秀造さんを問い詰めると偽物だと言う。速水杜氏まで一緒になって、重要なところが抜けていると。それで、奴はにっちもさっちもいかなくなった」

玲子も、グラスを片手に補足する。

「富井田課長のシナリオだと、玉麹を作りたい犯人が、田んぼを人質ならぬ稲質にして、作り方を手に入れ、万歳ってことだった。新聞広告さえ出れば、後は野となれ、山となれだ」

「そこへ、二回目の広告さ。犯人が偽物の口伝を掴まされ、田んぼに毒まくぞと言ってるのに、何も起きなかったら、あの脅迫は何だったのかということになる。せっかく天津風の田んぼに向いてる目が、紅緋雲の田んぼに向かないとも限らない。それで、四、五日様子を見てから、止むに止まれず、自分で毒をまきに行くことにしたのさ。まさか、疑われてるとは思わないから、離れた場所からドローンを飛ばす分には、足はつかないと思ったんだろうよ」

「それで待ち構えてた罠の中に」

「自ら、飛び込んじまったってわけさ」

皆、ふぅーっと、大きな溜息をついた。

「トミータさん、あたしを助けてくれた恩人なのに」

葉子は、悪人に助けられたとわかり、ちょっぴり寂しくなった。

「奴は、脱法ライスの管理官だった。売人の五平餅屋を監視しに行ったとき、たぶん」

と、玲子が葉子を見て、目でうなずいた。

「何やら様子がおかしいのに気づいて、後を尾けたんだろう。それで、川に落ちるのを見て、助けた。関係者から死者が出たら、面倒だからな」

「松原拓郎から、天津風の田んぼを守ってくれたのも?」

秀造が、誰にともなく問いかけた。

「奴の都合だろう。松原拓郎が暴走し始めたのは、誤算だった。そこで暴走を止めて、口止めするため、身体を張ったんだ」

「トミータさんが、玲子さんの捜してた育種家《タネヤ》なんですか?」

玲子が、首を左右に振った。

「管理官だ。農家に米を作らせたり、それを闇ルートで捌いたりする。組織の上部の人間だが、新たな種子を、品種改良で作る育種家の下働きに過ぎない。これから尋問するが、育種家に関して、まとまった情報は、持ってないだろうな」

「まあ、とりあえずはめでたし、めでたしさ。犯人は捕まったし、脱法ライスの田んぼもいくつかは、押さえられたしね」

タミ子の呑気な笑いに、玲子が苦笑した。

「もぐら叩きみたいだがな」

葉子は、話の途中から気になっていることがあった。

「犯人捕まって良かったけど。玉麹の口伝が、皆に知られちゃいましたね。誰でも、玉麹作れちゃう」

秀造の顔を見ると、顔色が優れない。難しそうな表情をしている。

「それは、どうかね」

「えっ?」

「新聞に大きく、これじゃ作れない、偽レシピだって出てるんだよ。あの口伝が、本物だって思う人はいないさ。大事な物を隠すときには、目立つところにってね。玉麹が作れるか試す奴なんていないさ」

タミ子は、ニヤリと笑って付け足した。

「もっとも桜井会長は、別だけどね」

皆の視線を一斉に受けた桜井会長が、にっこりと笑った。

「もちろん、うちでは玉麹は作りません。こんな犯罪がらみで、強要されて表に出た技術を使うほど、困ってはいませんから。それより、玉麹の上を行く麹を作り出してみせますよ」

「さすが、桜井会長。あんたなら、きっとそう言うだろうと思ってたよ」

「うちだって、負けませんよ。今度のことで、古い技術にしがみつくことの愚かさが、わかりました。技術は進歩させてこそ、なんぼのもんです」

秀造も、意気揚々と気炎を上げた。

「速水杜氏には、しばらくうちにいてもらうことにしました。彼と副杜氏の大野と三人で、もっと凄い麹を作ります」

醸造家同士、目を合わせた瞬間、火花が散った。

「わははは、角付き合うのは、酒造りのときだけにしておくれよ。さてと、種明かしは、これですべて終了さ。改めて、飲み直すかい？」

酒肴の準備をしようと、立ち上がりかけたタミ子を、玲子が押しとどめた。

「ちょっと待て、まだ一つだけ、わからないことがある」

皆の視線が集まる中、玲子が厨房を隔てる暖簾を指さした。

「春夏冬、二升五合。あれには、何の意味があるのだ?」

一瞬の沈黙の後、タミ子とトオルが、大声を上げて笑い出した。

そして、葉子に視線を送ってくる。その説明が、十八番《おはこ》なのを、よく知っているのだ。

葉子は、大きな胸を張って答えた。

「あれはですね。秋が無いので『あきない』。二升は、升《ます》が二つで『ますます』。五合は、一升《いっしょう》の半分なので『はんしょう』です。続けて読むと?」

「なるほど、商い、益々繁盛か!」

打てば響くように、玲子が笑った。

皆もつられて笑い出し、ひとしきり盛り上がった後、秀造と桜井会長が、酒造りの技術について語り出した。そこに玲子が、鋭いつっこみを入れている。恐ろしいほどの進化だ。

まりえは、涙目で聞き入っている。

稲が、子供を残し。麹菌が糖化し、酵母が発酵する。乳酸菌などの菌も協力して、でき上がる酒。もろみタンクの中では、様々な菌がそれぞれの思惑で、生きていて結果として、酒ができる。

居酒屋の中では、酔客が集まって、飲んで。それぞれの人生を抱

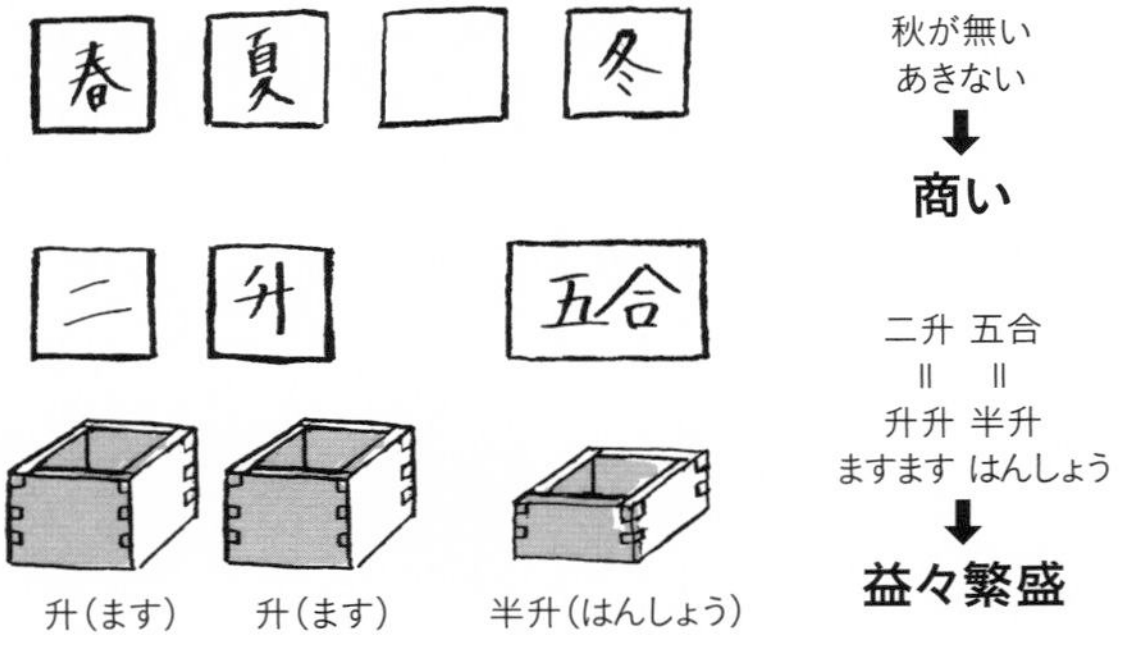

えて、汲み交わしている。タンクの中の日本酒の発酵と、居酒屋の中の人の営み。どこか似ているような気がした。

自分たちも、発酵しているのだ。

そう考えると、なぜか楽しくなり。葉子は、天狼星純米大吟醸を口にしてみた。甘く高貴な味。そして、爽やかな酸味。後口には、ちょっぴりだけ苦味が残った。

## ――エピローグ――

真っ暗な部屋の中、何台ものディスプレイが光を放っている。

育種家《タネヤ》は、映っている様々な稲を眺めていた。

深夜の稲、朝の稲、実った稲に、刈られた稲。大きい稲や、小さな稲に混じって、籾の紫の物もある。

ドローンで、撮影した静止画と動画だ。

育種家は、ディスプレイの真ん中に陣取り、画面を切り替えながら、映像を確認していた。

その鋭い目は、何一つ見逃すことはない。病害や虫害の微かな異変の兆候も見逃さず、即座に適切な対策を打ってきた。

種の開発には、もう十年以上関わって来ている。

一品種の種の選抜で、十万個体から一粒を選んだこともあり、開発した品種は百種類以上。

その中で、最も優れた品種が、ディープパープルだ。

育種家が、ディスプレイを切り替えると、播磨地区の地図が映し出された。田んぼには、紫や緑、黄色などの色がつけられている。

その隣には、ドローンからの映像。

上空から映した、夜の田んぼだ。

ズームアップすると、松原文子がディープパープルを栽培していた田んぼが、周囲に紐を張られ、警官に警備されていた。

育種家は、小さく舌打ちをすると、映像を切った。

画面上の地図から、文子の田んぼを選び、クリックする。それまで、紫だった田が、黒く染まった。

別のディスプレイ上に、名簿データベースを開き、富井田哲夫を選び出した。

「得難い男だったが」

顔写真と情報を、リストから削除する。そして、長いリストをスクロールしながら、富井田の後任を誰に任せるか考え始めた。

だが、それは長く続かなかった。

思考を遮るように、リスト上にポップアップウィンドウが開いたのだ。赤い文字で、警報が示される。

試験醸造しているもろみの温度経過に、異常が発生したらしい。温度計のモニターを表示すると、もろみ温度が設定した限界値を越えようとしていた。

とはいえ、慌てる必要はない。自動的に冷却水量が増えて、もろみ温度の上昇が徐々に収まっていく。

温度が落ち着くのを確認した後、育種家は別のウィンドウを開いた。即座に、サーマルタンクの内部の様子が映し出される。

タンクの中では、薄紫色のもろみが、静かに泡を立てて発酵していた。

了

この物語は、フィクションです。

全国各地の酒蔵や田んぼでうかがった、数多くの実話をもとに生まれました。

酒蔵の皆さま、心より感謝申し上げます。

また「獺祭」旭酒造の桜井博志会長より、楽しいお申し出を受け、実名で登場していただきました。

ありがとうございます。

# 日本酒用語辞典

## 酒の造り手

**●酒蔵［さかぐら］**
日本酒の製造メーカー。戦前は七千社あった。今は、千八百社ほど。創業百年以上の酒蔵も多く、最も古い蔵は、平安時代の創業と伝わる。

**●蔵元［くらもと］**
酒蔵の社長のこと。新規の酒造免許がおりないため、ほぼ世襲制。代々、名前を襲名することもある。

**●杜氏［とうじ］**
酒造りの監督。酒造りの高い技術を持ち、人格者が多く、高収入。酒造業界のエリート。一つの酒蔵に、長く勤めることが多いが、世襲制ではなく、実力主義。酒質を設計し、酒造計画を立てる。

**●蔵人［くらびと］**
杜氏の指揮下、酒造りの実務を担当。麹を作る麹屋、酒母を任される酛屋、蒸し米担当の釜屋、上槽担当の船頭など。酒造工程ごとに、専門の蔵人がいることが多い。

## 酒造工程　その1

**●精米［せいまい］**
玄米の外側を削って、白米にすること。米は外側にタンパク質が多く、酒にすると雑味の原因になるため、取り除く。米を磨くともいう。純米吟醸酒で40％、純米大吟醸酒で50％以上を削る。ちなみに、食べる米は10％弱。

**●精米歩合［せいまいぶあい］**
精米する割合のこと。残った白米の重さで表す。玄米を30％削ると、精米歩合は70％。

**●洗米［せんまい］**
米を研ぎ、米糠を水で洗い落とす作業。丁寧に洗う蔵では、手洗いで10kgずつ行うことも。水が冷たく、辛い作業なので、洗米機を使う酒蔵も多い。

●吸水［きゅうすい］
洗米した米を水に漬けて、水分を吸収させること。浸漬作業。吟醸造りでは、ストップウォッチを使用し、秒単位で行う。

●蒸し米［むしまい］
酒造りでは、米は炊かずに蒸す。水分量が少なくなり、酒造りがしやすい。

●甑［こしき］
米を蒸す道具。巨大な蒸籠《せいろ》。釜などの湯気を出す器具の上に載せて使う。

## 麹について

●米麹［こめこうじ］
蒸し米に、麹菌を生やしたもの。糖化酵素を含み、蒸し米のデンプンを溶かして、糖に変える。

●麹菌［こうじきん］
もやし、種こうじ、もしくは麹カビともいう。カビの一種。蒸し米に生えて、糖化酵素を作り出す。

●酵素［こうそ］
タンパク質の一種。生物ではない、化学物質。麹菌の作る酵素は、米のデンプンを糖化して、糖分に変える。

●麹室［こうじむろ］
米麹を作るための特殊な部屋。厚い断熱壁と断熱扉があり、窓がなく、天井が低い。麹菌を成長させるため、室温が高い。寒い場所ばかりの酒蔵で、唯一暖かい部屋。

## 酒造工程　その2

●酵母［こうぼ］
酒造りや、パン作りで活躍する微生物。糖分を食べて、アルコールと二酸化炭素を作り出す。酒造り発酵の主役。英訳は、イースト。

●きょうかい酵母［きょうかいこうぼ］
歴史的に優秀な酵母を、分離保存したもの。日本醸造協会が管理し、酒蔵は代金を支払って、入手する。秋田県の新政酒造で見つかった、六号酵母などが有名。

**●酒母【しゅぼ】**
別名酛《もと》。酒の元という意味。米麹と蒸し米と水を、混ぜ合わせ、酵母を加えたもの。酒造りの出発点のとろとろした半液体。元気な酵母を、たくさん育てて増やすのが目的で、1㎖あたり1億個以上にも酵母が増える。酵母を添加せずに、蔵内環境に生息する酵母を使うこともある。

**●三段仕込み【さんだんじこみ】**
もろみの作り方。酒母に、三回にわけて、米麹と蒸し米と水を加える製法。酒母が、十倍以上の量のもろみに増える。

**●もろみ【もろみ】**
酒母に、米麹、蒸し米、水を加えたもの。発酵が進むと、泡立ち、白濁した液体になる。発酵によって生じるアルコールと炭酸ガスが、溶けかけた米と混じり合っている状態。直径と高さが2mくらいの大きなタンクを使用するが、中に炭酸ガスが充満しているため、落ちると生命の危険がある。4週間ほどアルコール発酵を行ってから搾られ、日本酒と酒粕に分離される。

**●上槽【じょうそう】**
もろみを、布で濾して、酒と酒粕に分けること。もろみを濾さない酒が、どぶろく。縦型搾り機の槽《ふね》か、横型搾り機のヤブタを用いることが多い。

**●酒粕【さけかす】**
もろみから酒を搾った時、残る固形分。甘酒や漬物、わさび漬けに使われる。

## いろいろな米

**●米【こめ】**
稲の種子。籾《もみ》を取ったベージュ色の玄米を、精米したものが白米。品種は、食べるご飯用の飯米と、日本酒専用の酒米がある。

**●酒米【さかまい】**
日本酒醸造用の米。粒が大きい。タンパク質含有量が少なく、食味は淡白。生産量は山田錦がトップ。酒造好適米を略して酒米。

**●麹米【こうじまい】**
酒造りに使う米のうち、麹菌を生やし、米麹を作る米。日本酒の味わいを左右するため、麹米だけ酒米の山田錦を使うことも。

●**掛米【かけまい】**
蒸しただけで、酒造りに使用される米。酒母造りや、三段仕込みの際、麹米とセットで使われる。

●**山田錦【やまだにしき】**
日本一生産量の多い酒米。兵庫県でデビューし、最も多く生産される。晩成で、背が高く育て辛いが、酒質良く仕上がるため人気が高い。「酒米の王」と呼ばれる。

●**誉富士【ほまれふじ】**
静岡県で品種開発された酒米。育てやすくするため、放射線を照射して、山田錦の背を低くした突然変異種。２００６年にデビュー。

●**美郷錦【みさとにしき】**
秋田県で育種した山田錦の寒冷地版。山田錦と耐冷性を持つ美山錦を交配して、１９９９年にデビュー。

●**糠【ぬか】**
精米の時、米を削って出る米の粉。米の外側に近いところは、糠床や肥料、飼料に。中心に近いところは、菓子原料などに使われる。

## 日本酒のうんちく

●**日本酒【にほんしゅ】**
米麹と蒸し米と水を混ぜて、発酵させた酒。アルコール度数を、20％近くまで上げられる世界唯一の醸造酒。並行複発酵という、特殊な発酵をする。

●**並行複発酵【へいこうふくはっこう】**
麹の酵素による米デンプンの糖化と、出来た糖分の酵母によるアルコール発酵が同時に進む、珍しい発酵。

●**日本酒度【にほんしゅど】**
日本酒の甘口、辛口の目安。含まれる糖分が多いとマイナスになり甘口に。プラスの数字が大きいほど辛口になる。

●**酸度【さんど】**
日本酒の酸味の指標。多いほど、酸っぱく感じやすい。近年、酸度の高い日本酒が増えつつある。

**●乳酸【にゅうさん】**
日本酒には必ず乳酸が含まれる。元来、酒は乳酸発酵飲料で、乳酸菌による発酵が必須だった。現代は簡素化され、酒造りの主流は合成乳酸を添加する酒造りに。それに対して、生酛造りや山廃造りは、乳酸菌の発酵による天然乳酸を使って、酒が造られる。

**●火入れ【ひいれ】**
日本酒を65℃くらいに加熱して、低温殺菌すること。味わいが安定し、変化しづらくなる。

**●生酒【なまざけ】**
火入れをしていない日本酒。フレッシュ感が特徴。酵母や麹菌が生きており、酵素も働くため、味が変化しやすく冷蔵保存が必須。

**●特定名称酒【とくていめいしょうしゅ】**
純米酒や、純米吟醸酒、純米大吟醸酒など、精米歩合で名称が決まる。精米歩合50%以下が大吟醸酒。60%以下が吟醸酒。等級検査を受けた米を使うなど、いくつかの条件がある。特定名称酒は日本酒全体の約3割。特定名称酒以外は、普通酒と合成清酒。

**●吟醸造り【ぎんじょうづくり】**
4割以上、米を削り、低温で時間をかけて、丁寧に発酵させる酒造り。すっきり、きれいな味の酒になる。

**●甑倒し【こしきだおし】**
酒造年度の最後の米を蒸し上げて、甑を片付けることから甑倒しという。酒造りがひと段落し、重労働から解放され、お疲れ様会が開かれる。その後、約2週間、もろみを発酵させて上槽すると、酒造りは完全に終了。こちらは、皆造《かいぞう》という。

**●杉玉【すぎだま】**
酒林《さかばやし》ともいう。発祥は奈良県の大神神社《おおみわじんじゃ》。杉の葉を球形に丸めた飾りで、新酒が出ると新いものに取り替える。

**●全国新酒鑑評会【ぜんこくしんしゅかんぴょうかい】**
財務省所管の酒類総合研究所が開催する、日本酒のコンテスト。最も権威がある賞で、金賞受賞酒の多くが山田錦を使っている。

## 参考文献

○『ゼロから分かる！図解日本酒入門』（山本洋子、世界文化社、二〇一八）
○『厳選日本酒手帖』（山本洋子、世界文化社、二〇一四）
○『純米酒ＢＯＯＫ』（山本洋子、グラフ社、二〇〇九）
○『日本の酒』（坂口謹一郎、岩波書店、二〇〇七）
○『夏田冬蔵』（森谷康市、無明舎出版、一九九五）

農業に取り組む酒蔵

自社営農、農業法人設立、栽培技術支援など

◉「新政」新政酒造　秋田県秋田市
◉「一白水成」福禄寿酒造　秋田県五城目町
◉「春霞」栗林酒造店　秋田県美郷町
◉「山本」山本酒造店　秋田県八峰町
◉「山形正宗」水戸部酒造　山形県天童市
◉「仙禽」せんきん　栃木県さくら市
◉「渡舟」府中誉　茨城県石岡市
◉「根知男山」渡辺酒造店　新潟県糸魚川市
◉「醸し人九平次」萬乗醸造　愛知県名古屋市
◉「みむろ杉」今西酒造　奈良県桜井市三輪
◉「紀土」平和酒造　和歌山県海南市
◉「剣菱」剣菱酒造　兵庫県神戸市
◉「龍力」本田商店　兵庫県姫路市
◉「辨天娘」太田酒造場　鳥取県若桜町
◉「美和桜」美和桜酒造　広島県三次市
◉「貴」永山本家酒造場　山口県宇部市
◉「鍋島」富久千代酒造　佐賀県鹿島市
◉「獺祭」旭酒造　山口県岩国市

農！と言える酒蔵の会

◉「秋鹿」秋鹿酒造　大阪府能勢町
◉「いづみ橋」泉橋酒造　神奈川県海老名市
◉「一ノ蔵」一ノ蔵　宮城県大崎市
◉「酒屋八兵衛」元坂酒造　三重県大台町
◉「五橋」酒井酒造　山口県岩国市
◉「蓬莱泉」関谷醸造　愛知県設楽町
◉「会津娘」高橋庄作酒造店　福島県会津若松市
◉「櫛羅」千代酒造　奈良県御所市
◉「穏」仁井田本家　福島県郡山市
◉「竹林」丸本酒造　岡山県浅口市
◉「るみ子の酒」森喜酒造場　三重県伊賀市
◉「彌右衛門」大和川酒造店　福島県喜多方市

**山本モロミ**

神奈川県藤沢市出身。
上智大学理工学部化学科卒。
化学系エンジニア。
酒造用グルコース測定装置の開発に従事。
東京都世田谷区在住。

装　画　　　iStock.com/fumiko Inoue
イラスト　　杉渕愛里（Norit Japon）
本文レイアウト　木村真樹

# 山田錦《やまだにしき》の身代金《みのしろきん》

2020年10月1日　第1刷発行

著　者　　山本モロミ
発行人　　久保田貴幸

発行元　　株式会社 幻冬舎メディアコンサルティング
〒151-0051　東京都渋谷区千駄ヶ谷4-9-7
電話　03-5411-6440（編集）

発売元　　株式会社 幻冬舎
〒151-0051　東京都渋谷区千駄ヶ谷4-9-7
電話　03-5411-6222（営業）

印刷・製本　シナジーコミュニケーションズ株式会社
装　丁　　井上新八

検印廃止

Printed in Japan
ISBN 978-4-344-92910-4 C0093
幻冬舎メディアコンサルティングHP
http://www.gentosha-mc.com/